결혼

탈출

결혼 탈출

1판 1쇄 인쇄	2021년 3월 22일
1판 1쇄 발행	2021년 3월 29일

지은이	맹장미
편집	이두루
디자인	우유니
기획	이민경

펴낸곳	봄알람
출판등록	2016년 7월 13일 2021-000006호
전자우편	we@baumealame.com
인스타그램	@baumealame
트위터	@baumealame
홈페이지	baumealame.com
ISBN	979-11-89623-06-7 03800

맹장미

봄알람

차례

들어가며

이혼을 한 뒤 나는 한동안 그 사실을 숨겼다. 회사는 말할 것도 없고, 대부분의 사람이 나를 기혼자로 알았다. 어차피 적정 거리를 유지하는 관계이니 크게 문제 될 일 없을 거라고 생각했다. 하지만 오산이었다. 인간관계는 이리저리 얽히고설키기 마련이어서 진솔한 모습을 보이고픈 사람에게조차 거짓말을 늘어놓게 되었다. 나는 비밀이 많은 거짓말쟁이가 되어가고 있었다. 그렇게 힘겹게 기혼자 카테고리에 묶여다니던 어느 날, 문득 이런 거짓말도 이제 한계치에 다다랐다는 자각이 왔다.

"이제 탈출할래."

나는 결혼한 여자 코스프레를 그만하기로 결심했다. 처음으로 이혼 사실을 회사 선배에게 고백했다. 시작이 조금 주저되었을 뿐 내뱉고 나니 후련했다. 세 번째 고백에서 "부럽다"라는 여성 기혼자의 반응을 들은 뒤부터는 조금 더 용기가 났다. 비혼 친구에게 "축하해"라는 말을 들은 네 번째부터는 말하는 게 더 이상 어렵지 않았다. 다른 이혼한 친구에게 "환영해"라는 말을 들었던 다섯 번째엔 짜릿했다. 그제야 내가 진짜 '탈혼'했다는, 그러니까 결혼에서 마침내 탈출했다는 자각이 들었다. 이혼을 한 뒤 왜 그토록 이 사실을 주위에 알리기 어려웠을까 생각해봤다. 여러 핑계가 가능하겠지만 가장 큰 이유가 무엇인지 알고 있다. 내겐 나 자신과 해결되지 않은 문제가 남아 있었던 것이다.

왜 결혼을 선택했을까?
왜 빨리 탈출하지 못했을까?
왜 그를 그렇게 몇 번이고 놓지 못했을까?

결혼 생활 당시 내가 했던 판단들이 지금의 나에게조차 납득되지 않다 보니, 누군가에게 이혼 사실을 꺼내놓는 게 쉽지 않았다. 뒤늦게라도 빠져나온 걸 다행으로 여길 수도 있었겠지만 당시의 나는 그러지 못했다. 인정하기 싫지만 이혼 직후의 내 안에는 후련함 이상으로 자기혐오가 가득했다. 내 안의 혐오를 타인에게 들킬까 두려웠다.

나는 전남편에게 "언제라도 후회되면 다시 돌아오자"라고 말하며 호기롭게 프러포즈했었다. 그때 그는 "너 같은 사람은 대한민국에서 결혼에 어울리지 않는다"며 내 프러포즈를 거절했다. 내가 나라서 늘 자랑스럽다고 말하던 사람의 입에서 나온 그 대답이 도무지 믿어지지 않았지만 나는 결혼을 밀고 나갔다. 짧지 않은 연애 동안 나는 그가 나를 가장 나답게 만들어주는 사람이라고 믿어 의심치 않았었다.

이혼하는 데는 생각보다 긴 시간이 걸렸다. '마음만 먹으면 간단히 할 수 있는 이혼' 같은 건 결코 없다. 이혼이라는 출구를 찾기까지 막대한 시간과 에너지 그리고 상처가 따랐다. 어렵게 결심을 굳히고 마침내 도장을 쾅 찍는다고 끝나는 것도 아니었다. 오랜 시간에 걸쳐 무거운 자기 모멸감을 떨쳐내고서야 진정한 자유가 찾아왔다.

　　이 책은 결혼을 하고 이혼을 하고 그 시간으로부터 진정으로 벗어나고 그리하여 '결혼'이라는 제도 자체를 내 인생에서 영영 분리해내기까지의, 즉 탈혼의 이야기다. 내가 빠져나온 어둡고 무거운 시간들에 대해서도 쓰게 되겠지만 이 책이 어둡고 무겁지만은 않을 거라고 미리 밝혀두겠다. 탈혼은 쉽지도 가볍지도 않다. 다만 상처받고 아팠던 사람들도 일정 시간이 지나면 다시 웃을 수 있다. 다시 즐거움을 느끼고 또 화를 내고 지겨워

하고 싸우더라도, 다시 웃는다. 살아간다. 우리 모두 종국에는 그래야만 한다.

이젠 무거워야 한다는 강박은 버리겠다. 재난과 같이 내 발아래에 매달려 끝없이 나를 끌어내리던 추를 떨쳐낸 자신을 북돋우며 스스로를 미워하느라 아팠던 시간들을 보듬고 싶다. 그 시간 동안 사정없이 흔들리는 나를 따스하게 안아주고 머물 곳이 없을 때 자신의 공간을 내어주고 내가 혹시 위축될까 법원에 함께 가주던 사람들이 있었다. 자신의 목도리를 내게 둘러주고 마시지 못하는 술을 기꺼이 함께 마셔준 사람들이 있었다. 그런 따스함들로 여기까지 왔다.

이젠 내가 그들을 보듬을 차례다.

제주를
떠나오던 날

2015년 겨울, 나는 2년 동안 머물렀던 제주를 떠나왔다. 갈 때는 둘이었지만 올 때는 혼자였다. 갈 때는 여름의 거친 장맛비와 안개 속을 헤쳐 갔지만 올 때는 입김이 후후 나오는 추운 겨울이었다. 갈 때는 배로 짐을 미리 부쳐야 할 만큼 살림살이가 많았지만 올 때는 가방하나가 전부였다. 갈 때는 미지의 삶에 대한 희망으로 부풀어 있었지만 올 때는 절망의 구렁텅이 속에서 허우적거리고 있었다.

인생을 그래프로 그릴 수 있다면 그때 내 삶은 최저점을 향하고 있었을 것이다. 내 소신껏 인생을 개척해 살아가고 있다고 자부해온 내게 그때의 좌절은 살아온 날들을 온통 뒤흔들 만한 것이었다. 내 삶이기에 그 모든 책임 역시 내게 있으리라는, 그 사실을 인정해야 한다는 것이 뼈아팠다. 삶의 모든 것이 뒤죽박죽 엉망진창이었다.

30리터 들이 콜롬비아 배낭에는 15인치 노트북과 옷가지들이 들어 있었다. 누가 봐도 전국 일주 정도는 하는 행색이었을 것이다. 목적지를 정해놓지 않고 제주를 떠나온 그때의 나는 어쩌면 진정한 의미에서 여행자였다.

모부가 살고 계신 부산에는 가지 않기로 했다. 곧 언니의 결혼식을 앞두고 있었기 때문이다. 내 결혼으로부터 소스라쳐 뛰쳐나온 와중에도 언니의 결혼을 내 불행으로 망치고 싶지 않다는 생각뿐이었다. 내 편의 위로가 무엇보다 절실했던 그때에 아픈 나를 우선하지 않은 것이 두고두고 후회되지만, 당시에는 혼자 어떻게든 버텨보자 했었다. 그것만이 옳은 선택이라 믿었다.

서울에는 마음을 터놓을 수 있는 친구들이 있었다. 나는 동갑내기 친구 미경의 집에 한동안 머물면서 앞으로의 거처와 삶의 방향을 고민할 생각이었다. 그때 나는 내게 닥친 일들이 도대체 뭔지, 어떻게 대처해야 하는지, 무엇보다 나를 어떻게 돌보아야 하는지 판단할 여력이 없었다. 그저 슬픔에 온몸을 적셔가며 망가질 준비가 되어 있을 뿐이었다. 일단 술을 1만cc 정도 먹고, 울고 싶은 만큼 울고, 낮도 없고 밤도 없이 무작정 살아내겠다 단단히 벼르고 있었다.

배낭을 싸매고 서울에 도착해 미경과 만나기로 한 곳은 망원동의 작은 양식당이었다. 정갈한 프랑스 음식과 와인을 파는 분위기 좋은 곳이었다. 소맥으로 병나발을 불고 싶었던 당시의 심정에 딱 들어맞는 곳은 아니었지만 내게 일어난 일들을 마침내 털어놓을 수 있다면 그걸로 충분했다. 제주의 카페에 혼자 앉아, 누구든 나에게 말 한마디만 걸어준다면 당장이라도 사랑에 빠질지 모른다고 생각했을 만큼 외롭던 시기였다. 제주에서는 속마음을 터놓을 사람이 곁에 없었다. '밥 먹었니?' '어디 아프지는 않니?' 하고 인사 나눌 사람이 없었다. 그러니 지금부터 내 친구를 만난다는 사실 하나만으로 숨통이 트였다. 슬픔과 반가움과 두려움과 기쁨이 뒤섞인 마음으로 식당에 도착하니 미경의 옆에 낯선 사람이 함께 있었다.

나 빼고 다
행복해 보이는데

미경이 데리고 온 처음 보는 여자는 도회적인 느낌에 해사한 모습으로 나를 향해 인사했다. 우리가 만난 프랑스 식당과 잘 어울렸다. 그를 보며 나도 모르게 옷매무새를 가다듬고 술 1만cc 먹으려던 마음을 가까스로 조였다. 제주에서 지내는 동안 거의 없어져버리다시피 한 사회성을 긁어모아 그를 향해 적절한 미소를 지었다.

그, 혜인은 내가 익히 아는 출판사의 세계문학 편집자라고 했다. 나와 마찬가지로 결혼을 했고, 남편과 함께 파주에 산다고 했으며, 그에 맞춤하게 리트리버를 키우고 있다고 했다. 그 앞에 앉아 있자니 나도 모르게 몸이 움츠러들었다. 나는 이제 남편도 직업도 집도 절도 없는 신세 아닌가. 팔다리를 잃고 머리에 몸뚱이만 하나 달린 2등신 사람이 된 느낌이었는데, 그걸 애써 감추고 싶었던 걸까? 어느새 나는 내가 얼마나 주체적으로 살아왔으며 그렇게 선택한 삶이 얼마나 행복한가에 대해 떠들어대고 있었다. 이런 식의 거짓말을 한 번이라도 해본 사람은 알 것이다. 스스로에 대한 환멸을 감추기 위해 점점 더 열심히 거짓말을 떠들 수밖에 없는 수렁이라는 것이 존재한다. 그렇게 나는 처음 보는 여자의 앞에서, 목수 남편과 2년째 제주살이 중에 잠시 혼자 배낭을 메고 전국 여행을 나온, 유쾌한 동갑내기 친구가 되었다.

'목수' '제주' '여행' 등의 단어가 도시인, 특히 정시 출퇴근을 하는 직장인들에게 던져주는 정서적 환기 효과를 모르지 않았다. 한 번쯤은 꿈꿔봤으나 실행하기에는 주저되는 자유롭고 이상적인 삶을 향한 호기심 어린 찬사를 제주에 이주한 뒤 얼마나 많이 들어왔던가. 그런 시선을 줄곧 부담스러워했었는데, 살다 보니 이런 식으로 활용하는 날이 오기도 하는 것이다.

"와, 그런 건 TV로만 봤어요. 이렇게 실제로 보니 신기해."

나를 보는 혜인의 눈이 초롱초롱 빛났다. 그 관심에 도취되어버린 나는 한때 내가 누렸던, 특별해 마지않(다고 믿고 싶었)던 제주의 일상을 늘어놓았다. 직접 잡은 문어를 들고 함박웃음을 짓고 있는 사진을 보여주며 얼마나 자연과 가깝게 살고 있는가, 수많은 구속과 의무와 책임에서 벗어난 결혼 생활은 또 얼마나 자유로운가, 제주의 삶이 얼마나 재미난, 크고 작은 에피소드가 끝없이 쌓이고 쌓이는 과정인가…….

　나 역시 내가 즐겨 읽던 세계문학 책들을 편집한다는 혜인의 일이 신기했다. 편집자는 제주에 살기 전 나의 직업이기도 했으니, 이야기는 곧잘 통했다. 혜인은 첫눈에 느낀 것보다 웃음도 많고 정감 넘치는 성격이었다. 대화를 이어가는 동안 내 마음에 도사렸던 긴장감은 빠르게 녹아 사라져갔다. 그러다 곧 그와 내가 나이만 같은 것이 아니라 결혼한 연도와 달까지 같다는 걸 알게 됐다. 같은 시기에 같은 일들을 지나왔다는 동류의식을 나누며 우리는 친밀감을 쌓아갔다.

　그렇게 얼마간 시간이 지났을 때 식당 안으로 한 남자가 들어섰다. 그리고 곧장 우리를 향해 꾸벅 인사했다. 나는 단박에 그가 혜인의 남편임을 알아차렸다. 운동을 마치고 왔다는 남자는 심리적으로 거의 1초 만에 혜인을 데리고 사라졌다. 남자의 키가 큰 데다 혜인이 남편을 보자마자 풀쩍 뛰어 팔짱을 낀 덕에 딱 고목나무에 매미 비유를 떠올리게 하는 뒷모습이었다. 퇴근 후 남편이 운동하는 동안 기다리느라 여기 있었던 거구나. 순식간에 가버린 혜인이 나는 못내 서운했다. 어쩌면 그에게 오늘 보인 내 모습이 내가 아니라는 현실 자각에서 오는 허탈함이었을지도 모른다.

'아, 결혼한 세상 사람들은 나 빼고 다 행복해 보여.'

좌절에 빠진 사람 특유의 성급한 일반화를 하며 수렁 속에서 그렇게 생각했다. 뭐 어쨌거나 충분히 즐거운 만남이었고, 다시 보게 될 기약 없이 스치는 인연일 뿐이었다. 이후 나는 혜인에 대해 완전히 잊고 지냈다.

그리고 그와 나는 정확히 10개월 후 일터에서 다시 만났다. 다시 만난 그와 나는 모두 싱글이었다.

잘못된 첫 단추

(feat. 나의 프러포즈)

서울에서 결혼해 제주에 정착했다 다시 서울로 혼자 돌아오기 이전에, 기나긴 연애와 프러포즈의 순간이 있었다. 그렇게 연결된 시간을 거슬러 올라가다보면, 아뿔싸. 잘못된 첫 단추를 채우던 순간이 너무나도 선명하게 보인다. 지금 돌이키면 뼈 시리도록 후회스러운 시간이지만 당시의 나로서는 최선을 다했을 뿐이기에 다른 말의 여지가 없다.

연애 8년 차 서른한 살 나이에 나는 전남편(이하 'J')에게 프러포즈를 했다. 남자가 프러포즈를 할 때까지 조금만 기다려보는 건 어떻겠냐는 주변의 말 따위는 귓구멍에 들어오지 않았다. 프러포즈하는 성별이 정해

져 있나? 그저 조금 더 간절한 사람이 하는 것일 뿐. 그
렇다면 나는 왜 그렇게 이른 나이에, 그것도 J보다 더 간
절하게 결혼을 하고 싶어했을까.

　　J와 겪은 시간을 돌이켜보면서 가장 큰 아이러니를
느끼는 부분이지만, 지나간 나의 행동을 다른 누구보다
도 이해할 수 없는 사람이 바로 나 자신이다. 못난 자신
을 직면하는 게 너무나도 두려웠고 끊임없는 후회가 괴
로웠다. 지금의 나라면 그러지 않을 텐데. 지금의 나라
면, 다시 되돌아간다면 그런 멍청한 짓은 하지 않을 텐
데. 무수한 후회와 자책 끝에 내린 결론은 이렇다. 흔히
들 말하는 결혼의 고질적 문제쯤이야 스스로 얼마든지
헤쳐나갈 수 있을 줄 알았던 나는 평범하게 어리석었
다. 또 시대 분위기 또한 지금과는 확연히 달랐다. '나
때는 말이야'라는 말을 결코 하고 싶지 않지만, 그 점을
고려하지 않는다면 나 자신도 그 당시의 나를 따라가기
가 어렵다.

　　분명 J를 미치도록 사랑해서는 아니었다. 나는 스
물네 살에 J를 만나 처음 연애라는 걸 했다. 첫 키스, 첫
섹스, 첫 데이트까지 모든 걸 그와 했다. '처음'에 크게
의미를 두고 싶지는 않지만 어쨌든 그와 그렇게 8년을

지나오다 보니 어떤 의미로든 길고 긴 8년여의 연애에 종지부를 찍고 싶었다. 결혼을 결심하기 전 우리는 상당 기간 원거리 커플로 지냈다. 그러면서 쌓여온 거리감과 불완전함이 결혼을 하면 사라지지 않을까 하는 기대가 있었다. 결혼이라는 게 꼭 멋진 프러포즈나 하늘의 계시 같은 격정적 확신으로 이루어지지는 않는다. 나는 관계에서 겪는 여러 갈증이 결혼이라는 말 하나만으로 어울렁더울렁 봉합될 것처럼 느꼈던 것 같다. 그리고 그런 기대 안에는 나의 불안이 큰 지분을 차지하고 있었다.

J는 한 번 바람을 피웠다. 연애 6년 차에 J는 "다른 사람이 마음에 들어왔다"는 말로 나의 뒤통수를 후려갈겼다. 우리 관계가 그 누구도 침범할 수 없는 안온하고도 굳건한 것이라 믿던 내가 받은 그때의 충격은 말로 다할 수 없을 정도였다. 처음에는 부정했고, 곧 주먹코가 될 때까지 울었고, 그다음에는 미치광이가 되었다. 그 후 일말의 이성을 되찾아 다시 생각이라는 것을 할 수 있는 인간으로 돌아온 나는 냉정하게 현실을 보려 애썼다. 그리고 마지막 남은 애정을 담아 J의 어깨를 두드리며 말했다.

"나는 영원이라는 말은 안 믿어. 사람이니까 마음이 변할 수도 있지. 그게 너라는 게 마음이 찢어지지만, 어쨌거나 우리가 떨어져 지낸 것도 사실이니까. 네가 어떻게 나한테 이럴 수 있냐는 말은 이제 그만할게. 세상 사람 다 손가락질해도 나는 안 할 테니 네 마음 가는 대로 한번 가봐."

'남자는 바람을 피울 수밖에 없는 종족이다' 따위의 말을 새겨들었다거나 '쿨병'에 걸려서 한 말은 아니다.(······쿨병은 조금 있다.) 그저 한차례의 지랄 발광 후 사람의 마음은 잡으려 할수록 달아난다는 깨달음이 내 안에서 자연 발생했을 뿐이다. 살을 도려내는 듯했다는 말이 과장이 아닐 정도로 극심한 통증을 겪었지만, 그런 결론에 스스로 다다랐다는 자기만족도 분명 있었다. J를 무작정 비난하고 싶지도 않았고 나 자신을 세상천지 불쌍한 사람으로 만들고 싶지도 않았다. 심장에 피가 철철 흐르던 시간이 지나고 오롯이 나에게 집중할 수 있게 되자, 내가 나를 돌보아야 한다는 사실을 깨달았을 뿐이다. 그래서 나는 J를 보내주었던 것이다.

그대로 관계가 끝났다면 어땠을까. 그러나 한 달쯤 지났을 때 어처구니없게도 J는 내게 다시 돌아왔다.

그때의 심경은 정말로 복잡미묘했다. 지배적으로 드는 '이 새끼가 뭐 하는 짓이지'라는 생각 뒤로 따라오는 일말의 반가움, 마지막엔 증오가 있었다. 상처를 주고 제 발로 떠난 사람에게 감히 돌아온다는 것은, 상대의 사랑이 자신보다 크다는 믿음이 있을 때에만 가능한 일종의 갑질의 성격을 띠기 때문이다. 그는 우리 관계에서 자신의 감정적 우위를 자신했고 나는 그것을 모르지 않았다.

　　많이 고민했지만 나는 결국 더 많이 사랑한 '을'로서 돌아온 그를 받아들였다. 시간을 되돌릴 수 있다면 결혼을 하던 순간도 아니요, 제주로 떠나던 순간도 아니요, 바로 그때, 돌아온 그를 받아들이던 때로 가서 내 멱살을 쥐고 싶다. 그때 나는 그를 향한 증오마저 내 애정임을 인정하고 J와 다시 시작하기로 결정했다. 그렇게 험난한 시간을 보낸 뒤 서울에서 직장을 다니는 나와 전국을 떠돌며 한옥 목수 일을 하는 그 사이에 어떤 구심점이 필요하다는 생각을 했고 그것이 나에게는 결혼이었다.

바람과
윤리

한 번 헤어졌던 J와 다시 만나기 시작했을 때 나는 30대에 접어들고 있었다. 아무리 생각해보아도, 앞으로 뒤로 온갖 측면으로 보아도, 그때의 결정은 오로지 그때였기에 가능했다. 그 시절은 J에게 있어 그리고 그와 나 사이에 있어 큰 변화의 기점이었다. 다만 그때 나는 그걸 인지하지 못했다. 당시의 나는 여전히 J가 심부름으로 엄마 생리대를 사다 드리는, 편견 없고 풋풋한 소년 같은 남자라고 인식했다. 그러나 내가 그렇게 믿고 싶은 대로 믿는 동안 J는 한옥 건축이라는 남초 업계에서 일을 하며 마초 중의 마초가 되어가고 있었다. 역시 그때는 조금도 알지 못했다.

내가 바람을 피운 J를 다시 받아준 사실에 대해 당시 눈과 귀를 닫아걸고 있던 내 마음을 좇아가보면, 그 속에 각인된 '파밭을 뒹구는 소년'이 있다. 20대 연애 초기, J의 집은 파밭 옆 긴 길을 지나야 하는 시골에 있었다. 어느 날 술에 취한 J는 그 밭 위를 뒹굴며 울었다.

"아버지를 닮고 싶지 않아."

"아버지를 닮고 싶지 않아."

"아버지를 닮고 싶지 않아."

복사해 붙여 넣었다는 표현에 모자람이 없을 정도로 이목구비가 아버지 맞춤이었던 그는 자신이 성장해 갈수록 그토록 미워한 부친의 행동까지 닮아갈까 두려워하고 있었다. 그의 아버지는 평생 바람을 피웠다. 그것을 평생 견딘 어머니 밑에서 자란 J는 자신이 아버지를 닮았다는 사실이 두려워 그렇게 울었다.

진로를 한옥 목수로 결정하고부터 자신 역시 그의 부친처럼 떠돌아다니는 일을 하게 되었다는 데서 더 큰 두려움을 느낀 듯했다. 그가 대학교를 채 졸업하지 않고 목수라는 직업을 택했을 때 그의 주변 사람 100 중 99는 졸업하고 정해도 늦지 않는다며 말렸다. 그때 나머지 1이 나였다. 나는 그에게 내가 그의 인생에 스쳐

가는 사람일지 모르기에 너를 판단하지는 않겠지만 하고 싶은 것은 응원하겠다고 말했다. 그리고 그날 술에 취한 그가 파밭에 고꾸라져 제 아버지를 닮고 싶지 않다고 애꿎은 남의 밭 파를 쥐어뜯고 우는 것을 보며 나는 적어도 사람들이 관습적으로 생각하는 방식으로 J의 아버지를 통해 J를 판단하지 않겠노라 결심했다. 이날의 결심은 사랑의 힘이라기보다는 나의 윤리에 가까웠고, 오래도록 나는 그 장면을 잊지 않았다.

그리고 이 결심은 아주 적절치 못한 방식으로 힘을 발했다. 그가 진짜 바람을 피웠을 때, 그래서 그에 대한 신뢰가 깨지고 앞으로 또 이러면 어쩌나 하는 두려움이 엄습했을 때 나는 나의 생각을 최선을 다해 부정했다. 그의 아버지를 닮지 않겠다던 J를 나는 반드시 믿어주어야만 했기 때문이다.

한 번 핀 놈은
또 핀다는
속설에 대하여

J와 결혼을 하겠다고 알렸을 때 나의 가까운 지인들은
그의 전적 때문에 걱정이 많았다. 차마 겉으로 드러내
반대하지는 못했지만, 미처 다 감추지 못하고 넘쳐흐르
던 그들의 염려를 요약하면 다음과 같았다.

> "바람 한 번 피운 놈은 두 번도 피운다. 이런 속담
> 이나 격언이 있는 데는 다 그럴 만한 이유가 있는
> 거다."
> "지난 일을 떠나서라도 J는 좀 바람기가 있는 것 같
> 다."
> "J가 술을 마시면 사람이 바뀌는 것 같다. 늘 네가

먼저 취해서 잘 모르나 본데, 우리는 종종 느낄 때
가 있었다."

"이유는 알 수 없지만, 왠지 J가 한 번은 사고를 칠
것 같다. 그런 불안감이 있다."

"너는 남자 보는 눈이 너무 없다. 믹키유천에 송종
국 좋아했던 거 보면 말 다 한 거 아닌지?"

무엇에 씌었는지 나는 하나하나 열성적으로 J를 변호
했다.

"그렇다면 너는 '암탉이 울면 집안이 망한다'는 속
담도 일리 있다 할 거냐."

"바람기가 꼭 나쁘기만 한 건 아니야. 사람에 대한
관심과 매력에 대한 예민한 감각쯤으로 해석할 수
도 있지."

"술 마시면 사람은 다 변해. 너도 그렇고 나도 그렇
고 다 마찬가진데, 이건 술 마시는 사람끼리 너무
지나친 잣대 아닌지?"

"왜 그렇게 생각하는데? 정확한 정황이나 증거를
대봐."

마지막 지적에 대해서만큼은 인정했다. 대신 그건 연예인 얘기고 외모가 좋았던 거라며 반박이랍시고 J의 사진을 들이댔다. "내가 외모를 보고 사람 정해서 결혼하는 것 같냐?"

뒤에서 쓰겠지만, 결과적으로 이때 그들이 한 이야기는 정말이지 틀리지 않았다. 그리고 지금 나는 주변 사람들의 말을 조금은 더 잘 듣는 다소곳한 어른이 되었다.

결혼하자!
그리고
언제든 싱글로 돌아오자

어렸을 때부터 결혼을 하더라도 모부로부터 일 원 한 푼 도움받지 않겠다는 일념이 있었다. 엄청난 효심 때문은 아니고, 단지 스스로가 '어른'이어야 한다는 인식이 남들보다 좀 더 굳건했던 듯하다. 그리고 무엇보다 자유롭게 살고 싶었기 때문이다. 친구들은 "네가 미국에서 태어났으면 그게 말이 되지만 여기는 대한민국이다"라고 말했지만 나는 결혼을 하더라도 아이를 낳고 싶지 않았고 모부가 생각하는 안정된 삶이라는 틀에 맞게 인생을 제조할 마음이 추호도 없었다.

나의 모부께서 이 말을 들으면 '우리가 언제 너를 제조한다든?' 하며 억울해하실지도 모르겠다. 실제로 동거에 찬성하고, 젊은 사람들의 과감한 옷차림을 건강하다고 여기며, 술 먹고 아침(새벽이 아니다)에 들어오는 딸의 체력을 자랑스러워하는 양친 덕에 나는 비교적 자유롭게 컸다.

결혼 생활에 대해서도 내 뜻대로 상상해보았다. 큰 집은 필요 없다. 청소를 잘하지 못하고 또 싫어하기 때문이다. 아파트는 애초에 생각해본 적도 없었다. 나에겐 결혼 생활이 안정적인 공간으로 시작해야 한다는 인식이 없었다. 하지만 비를 피할 지붕은 필요할 테니, 모부에게 손 벌리지 않으려면 어느 정도의 목돈은 필요했다. 마침 '한국문학전집' 50권을 편집한 외주 작업비가 들어온 시점이었다. 그게 내 프러포즈의 현실적인 동력이었다.

그리 로맨틱한 프러포즈는 아니었다.

"우리 결혼하자. 그리고 가서도 아니라는 생각이 들면, 다른 사랑하는 사람이 생기면, 상대가 밥 먹는 모습만 봐도 밥상을 엎고 싶은 순간이 오면, 누구든 용기 있게 말하고 언제든 싱글로 돌아오자!"

내가 할 수 있는 가장 진솔한 말이었다. 그리고 나의 이 프러포즈에 대해 주변의 싱글 친구들은 대부분

고개를 끄덕였다.

"맞아. 한 사람이랑 어떻게 평생을 살아?"
"자식 때문에 참고 사는 세대가 아니니까. 그런 약
속은 합리적이지."
"결혼 제도라는 자체가 이상한 거야. 굳이 하겠다
면 그런 합의 정도는 있어야지."

결혼한 친구들은 이렇게 말했다.

"맞는 말이야. 너-무- 맞는 말인데, 너희는 너-
무- 이상적이야."
"나도 그런 생각 종종 하지만, 현실적으로 그런 선
택을 하게 될지는 모르겠어."
"나는 그렇게 못 하지만 너는 꼭 그렇게 살면 좋겠
다."

어르신들에게는 혼났다.

"결혼이 장난인 줄 아니!"

"그런 마음으로 결혼하면 절대 평생 못 산다."

"그런 말 입 밖에도 내지 마라. 말이 씨가 된다. 부정 타."

어른들의 완고한 말씀은 별로 신경 쓰지 않았다. 나에게 힘을 준 건 비혼 친구들의 의견이었다. 어르신의 꾸짖음보다 무서운 건 사람이 한평생 한 사람만 바라보며 살 수 있는가라는 고민과 더 이상 이 사람을 사랑하지 않게 되면 어찌하는가라는 불안이었기 때문이다. 하지만 어른들에게 들은 말들로 인해 복잡 미묘한 마음이 싹튼 것 역시 사실이었다. 어른들의 말처럼 아니라는 마음이 들더라도 인내하는 것이 결혼이라면, 왜들 그 힘든 결혼을 장려하는 것일까. 결혼은 고행일까. 내가 이것을 꼭 해야만 할까. 내 판단은 과연 옳은 것일까. 프러포즈와 함께, 실체를 알 수 없는 두려움이 내 안에 똬리를 틀기 시작했다.

결혼에
어울리는 여자?

'독립적인 나'라는 자부심은 언제나 내게 자존감을 지키는 원동력이었다. 나는 스무 살 때부터 스스로 등록금을 마련하고 용돈을 벌어 썼다. 성적 장학금을 받았고 공강 시간에 도서관에서 학생 근로를 했으며 방학때는 각종 아르바이트를 해가며 등록금과 생활비를 스스로 충당했다. 집안 형편이 좋지 않아서가 가장 큰 이유겠지만, 내 삶을 내가 꾸리고 싶다는 의지가 강력했다. 돈을 번다는 게 쉬운 일은 아니었지만 스스로 쟁취해냈다는 성취감 하나만은 확실했다. 하지만 마음처럼 쉽지 않은 일도 있다. 나에게는 결혼이라는 게 그랬다.

　내가 프러포즈를 했을 때, J는 예상치 못한 내 고백

에 감동하여 그만 눈물을 흘렸다…… 그랬다면 좋았겠
다. 하지만 아니었다. 나는 보기 좋게 까였다. 이유인즉,
내가 '결혼에 어울리는 사람이 아니다' 더 정확하게 표
현하면 내가 '결혼에 어울리는 여자가 아니'라는 것이
었다. 나는 그의 그런 반응을 전혀 예상치 못했고 무척
충격을 받았다. 거절을 당해서라기보다는 거절의 이유
가 너무 '빨았기' 때문이다. 처음엔 반발심이 들었다. 자
존심이 상했다. 시간이 조금 흐르고 평정을 되찾은 뒤
침착하게 물었다. "아니, 결혼에 어울리는 여자가 대체
뭔데?" J는 막힘없이도 대답했다.

　"나는 너라는 사람을 좋아해. 네가 어떤 사람이어
도 좋아. 그런데 너는 결혼에 어울리는 사람은 아니야.
너는 한국에서 여자에게 주어진 역할에 속박되는 걸 못
견딜 거야. 남들 다 하는 일에도 의구심을 가질 거야. 물
론 그건 나도 마찬가지야. 하지만 남자보다는 여자가
어려워. 그런 사람은 결혼에 맞지 않아."

　요약하면, '너 같은 페미니스트는 대한민국에서 결
혼해서 못 산다'는 말이었다. 나는 내가 페미니스트임
을 떳떳하게 여겨왔고 J도 그런 내가 자랑스럽다고 말
해왔다. 그런데 이제 와 J가 저렇게 말하는 데 나는 어처

구니가 없었다. J는 이런 나를 좋아한다고 말하면서 그
가 좋아하는 나의 특징을 결혼 부적격 사유로 꼽은 것
이다.

자유롭고 싶은 사람에게는 결혼이 어울리지 않는
다. 그러나 결혼하면 유독 더 힘든 것은 자유로운 여자
다. 결혼 후 여자에게 주어지는 기대나 역할이 있다는
것, 그 일들이 내가 좋아하지 않는 영역이라는 점은 인
정한다. 하지만 나와 J는 8년여간 고작 그런 관계를 만
들어온 것이 아니었다. 나는 그가 말한 '결혼 후 여자의
역할', 그 문제가 이토록 자연스럽게 그와 내 관계에 적
용된다는 걸 인정하기 어려웠다. 나는 우리라는 관계를
믿었다. 그렇기에 밀고 나갔다. 결혼이라는 게 정해진
형태가 어디 있느냐고, 같이 만들어나가면 된다고, 네
가 도와준다면 할 수 있다고 말했다.

"너는 나를 더욱 나답게 만들어 주는 사람이잖
아!"

나와 그가 같은 것을 바라고 문제를 나눌 수 있다
면, 전통이며 관습들을 무조건 따르는 대신 우리의 삶을
함께 만들어나갈 수 있다는 기대가 내 안에는 있었다.

어머니,
어머니,
어머니

"나랑 결혼하면 네가 우리 어머니를 모시고 살아야 돼."

　J의 다음 말은 내가 꿈에서도 사후 세계에서도 전생에서도 생각지 못했던 거였다. 그때 처음으로 내가 혼자 만들어놓은 내 남자친구에 대한 환상이 부서졌다. 나의 수많은 모습을 지지해주던 그가 결혼 앞에 서자마자 이런 말을 늘어놓는다는 사실이 놀라웠다.

　지금까지 J는 그의 모친에게 무심할 대로 무심했고 더구나 '엄마와는 도무지 맞지 않아서 절대 함께 살 수 없다'고 말해왔었다. 우선 그런 그가 이런 생각을 하고 있었다는 데 놀랐다. J는 효자는커녕 집안에 무심한 사람이었고 나 역시 그런 문제에 대해 한 번도 진지하게 생각해본 적이 없었다. 누군가의 모부와 함께 사는 일이 언젠가 현실로 닥칠 수 있다고 할지언정 프러포즈의 순간에 그것을 미리 생각해야 한다는 것만으로 나는 두려워졌다. 나는 내 모부와도 살 수 없어서 도망친 사람인데, 나는 결혼을 이야기할 때 그것을 '조건'처럼 달겠다는 생각 비슷한 것도 못 해봤는데.

J는 진심이었다. 우리 어머니와 나보다 더 친하게 지내지 않았느냐, 왜 이제 와서 딴소리냐, 내 어머니가 외롭게 살아오신 걸 누구보다 잘 알고 있지 않느냐며 '함께 살아야 하는' 근거를 댔다. 충격 속에서도 나는 최대한 솔직히 말했다. 지금으로서는 두렵다. 하지만 한 가지 확실히 말할 수 있는 건 우리가 결혼을 하고 함께 살다가 어른들이 편찮아지시거나 그래서 어떤 선택의 순간이 올 때, 나는 절대 비겁하게 숨거나 피하는 사람이 아니라고 말이다. 그리고 쐐기를 박았다.

"네 말대로 나 역시 어머니와 쌓아온 우정이 있고 어머니가 외롭게 지내오셨다는 것도 모르지 않아. 하지만 그거랑 함께 사는 문제는 엄연히 달라. 지금 너한테 결혼 승낙을 받기 위해 어머니를 모시겠다고 약속할 수는 없어."

더구나 내가 여자니까, 따위의 생각은 할 수 없다. 다만 선택이 필요한 때가 오면 그때의 최선으로 옳은 결정을 하겠다고 나는 대답했다. 내 프러포즈는 예상치도 못한, 그런 대화로써 끝을 맺었다.

후유증은 꽤 오래갔다. 나의 J가 내 주변 다른 남자들과 비슷한 레퍼토리의 말과 생각을 하고 있다는 자각이 나를 괴롭혔다. 늘 나와 이상이 맞고 자유로운 사람이라 여겼던 그가 결혼 앞에서 말하는 조건을 직접 듣고 나서야, 처음으로 남자와의 결혼이라는 현실을 실감한 것이다.

아, 그때 '대한민국에서의 결혼'에 대한 고찰을 좀 더 끈질기게 해보았다면 얼마나 좋았을까?

아무튼
했다
결혼을

프러포즈는 까였지만 나는, 아니 우리는 어쨌거나 결혼
했다. 결혼이라는 게 그렇다. 상대가 미적대도 한 사람
이 하자고 밀어붙이면 어찌어찌 이루어진다. 나중에 다
시 말하기도 하겠지만, 결혼에 이르는 길이 사회적으로
너무도 잘 닦여 있기 때문이다.

　　결혼 준비는 상대적으로 시간이 여유로운 내가 했
다. J는 프러포즈를 거절할 때의 태도가 우스울 정도로
다소곳하게 내 의견을 따랐다. 식의 진행 방식이나 다
소 특이한 예산 책정 등 어느 것에나 내 의견에 순순히
동의했고 심지어는 그 과정을 즐기는 것도 같았다. 단
하나 의견이 갈린 것은 식 올린 후 축의금 중 일부를 양

가 어른들께 드리자는 부분이었다. 내 제안에 그는 "받은 게 없으니 드리기 싫다"고 했다. 그러면서 내게 네 어머니를 모시고 살라 했느냐 하는 말은 삼켰다.

나는 어떤 면에서는 꽤 현실적이면서도 어떤 면에서는 골 때리게 이상적이다. 두 성향이 너무 극을 달려서 때때로 나도 멀미가 난다. 가장 곤란한 점은 남들이 현실적으로 생각하는 부분에서 이상적이고 남들이 이상을 갖는 부분에서 현실적이라는 것이다. 예를 들면 내게는 결혼에 뒤따른다는 구습들을 '우리'의 믿음으로 깨부술 수 있을 거라는 허황한 이상이 있었다. 한 번 하고 말 결혼식의 '스드메' 따위에 돈을 쓸 필요는 없다는 현실 감각이 있었다. 그리고 실제로 결혼식은 하루로 끝나고 말았지만, 결혼식 이후 지속되는 현실을 남편과 잘 해결해나갈 수 있으리라는 내 이상은 여지없이 무너졌다. 그 무너짐을 나는 이어진 결혼 생활 동안 낱낱이 지켜봐야 했다.

어쨌거나 결혼식은 아주 완벽했다. 결혼식까지의 과정으로 결혼 이후의 행복을 점칠 수 있다면, 내 인생에 이혼 따위는 없었을지도 모른다. 결혼식은 큰 이벤트다. 인생에 몇 없는 내가 주인공인 날 중 하나라고도 하지만 물론 실제 결혼식은 나만의 날이 아니다. 한국의 결혼은 가정과 가정의 결합으로 기능한다. 다행히 내 경우 상대의 어머니도 나의 모부도 그리 꽉 막힌 분이 아니었다. 그들은 구속을 싫어하는 자식들의 성격을 모르지 않았다. 또한 20대 초부터 독립을 비교적 빨리했던 나는 결혼에 금전적 도움을 받지 않는 대신 우리가 원하는 형태의 결혼, 결혼 생활, 삶을 영위해나가겠노라 선언했다.

그러니까, 나는 아무튼, 어쨌거나 결혼을 했다.

최고의
결혼식

내가 결혼한 2013년 가을에는 이효리가 스몰웨딩으로
주목을 받았다. 나 역시 30분 만에 후다닥 끝나는 형식
적인 결혼식에 매력을 느끼지 않았기 때문에 스몰웨딩
에 눈길이 갔다. 제주 이효리 선생께서도 말씀하셨듯,
패키지 결혼식보다 스몰웨딩이 훨씬 돈이 많이 든다.
그러나 이효리 씨 덕에 저렴한 스몰웨딩 프로모션을 하
는 곳들이 생기던 차였다. 나는 그중 홍대 인근의 한 호
텔 뷔페를 합리적인 가격으로 예약했다. 양가 포함 하
객 150명 이상은 입장이 불가능한 반면, 3시간 동안 결
혼식을 진행할 수 있는 곳이었다.

　'스드메'는 없었다. 사진은 삼각대 하나 빌려 결혼

3주 전에 한강에서 찍었다. 사진을 찍는데 부부 동반 등산 모임 정도로 보이는 일행이 우리를 가로질러 지나갔다. 한 아저씨는 우리를 보고 감동을 받았다며 10월의 어느 멋진 어쩌구하는 제목의 가곡을 불러주었다. 한 아주머니는 나에게 지금도 늦지 않았으니 얼른 도망가라고 했다.(아주머니 그때 말씀을 흘려들어서 죄송합니다.) 드레스는 이벤트 복장 대여 숍에서 10만 원 주고 빌렸다. 신부 화장은 집에서 혼주들과 함께 했다. 당연히 신부는 강남의 숍으로 갔을 것이라 생각한 이들로부터 나는 신부의 언니냐는 소리를 들었다. 사실 부산에서 새벽 비행기를 타고 온 언니에게는 숍을 예약해주었으므로 정작 신부 언니는 그곳에 없었는데 아무튼, 폐백은 생략했고 영상 촬영은 하지 않았다. 멋진 베레모를 쓰고 나타난 내 아버지는 하객들 앞에서 "딸아, 잘 가거라" 하며 최백호 노래를 구성지게 부르셨다. 그런 아버지가 조금 부끄러웠지만 이상하게 눈물도 나왔다. 부산에서 이른 차를 타고 온 내 고향 친구들은 이미 취해 있었다. 이유인즉 내 아버지가 "상견례장에서 혼자 소주 두 병을 마신 장미의 친구들이니 안 봐도 알겠다. 어서 이 술과 안주를 먹으라" 하며 일찍부터 음식과 술을 잔뜩 권했기 때문이다.

결혼식은 1부와 2부로 나누어 진행했다. 1부를 마친 후 음식을 먹는 게 식순이었지만, 배고픈 이들은 먼저 먹을 수 있도록 했다. 부케를 받을 친구 한 명을 지정하는 대신, 오만 원권 지폐를 꽂아 남자든 여자든 결혼을 했든 안 했든 하고 돌아왔든 상관없이 누구든 받으라 말하며 던졌다. 우리는 하객들과 함께 총 세 번의 건배를 했다. 한 번은 샴페인, 한 번은 와인, 한 번은 친구들이 타준 1 대 1 비율의 소맥으로.

지금도 친구들과 이야기한다. 결혼식만 놓고 생각하면 이혼한 게 아까울 정도로 멋진 결혼식이었노라고. 지금 돌이켜도 멋진 순간이었고 이혼해서 아쉬운 점이 바로 그날의 이야기를 떳떳하게 하지 못하는 것이다. ……아니다. 떳떳하지 못할 이유는 없다.

모든 것이 축제였다. 주변 사람들로부터 잔치다운 잔치라며 좋은 말을 많이 들었다. 축의금은 뷔페 값을 제하고 난 후 양가 모부께 이백만 원씩 보내드렸다. 그 돈 안에는 그동안 숱하게 결혼식을 다닌 그들의 피, 땀, 눈물이 들어 있기 때문이다.(결국 J가 내 의견을 따랐다.) 식이 끝난 뒤에는 단골 술집을 빌려 J와 내 친구들이 함께 술을 마셨다. 이렇게 서로의 친구들이 모일 일은 경조사, 그러니까 결혼, 돌잔치, 부모님의 죽음, 혹은 본인의 죽음일 텐데, 우리는 아기를 낳을 생각이 없으니 좋은 일로 모이는 건 어쩌면 마지막이 될지도 모르겠다, 그러니 함께 즐기자 하고 인사했다.

신혼여행은 동해안을 따라 자동차 여행을 했다. 7번 국도를 타고 강원도를 거쳐 경주에 들른 후 나의 모부가 사는 부산으로 갔다가 J의 어머니가 사는 천안에서 마치는 일정이었다. 가라앉지 않은 결혼식의 열기 속에 자동차를 몰고 향한 강원도에서 좋은 해산물을 넉넉하게 사서 양가 모부께 부쳐드렸고 J와 나 또한 산해진미를 쌓아두고 술을 미친 듯이 마셨으며 양가 할머니 댁에 들러 잘 살겠다고 인사드렸다. 할머니들께서 연로하여 결혼식에 참석하지 못하셨기 때문이다.

이것이 바로 결혼이다! 어른이 된다는 건 이런 것일까? 그때 나는 내 선택에 대한 자부심에 우쭐했고, 가족이라는 결속을 기쁘게 느꼈다. 뻥 뚫려 있던 평일의 7번 국도처럼 앞으로의 내 삶도 시원하게 펼쳐질 것임을 의심하지 않았다. 앞으로의 날들에 그 어떤 일이 닥쳐도 두렵지 않다고 생각했다.

철없는
부부

결혼을 하기 앞서 J와 맺은 중요한 합의는 바로 아이를
낳지 말자는 것이었다. 이 합의에 대해 주변의 싱글 친
구들은 또다시 고개를 끄덕여주었다.

"맞아. 언제 헤어질지 모르는데 애를 어떻게 낳아?"
"이 험한 세상에 애를 낳아 키운다는 건 너무 모험
이야."
"그래, 아이는 선택이니까. 요즘은 딩크족도 많고."
"심지어 너흰 결혼하고서도 떨어져 지내야 되잖아.
독박육아는 할 게 못 된다."

결혼하여 아이가 있는 친구들은 이렇게 말했다.

"안 낳고 살 수 있다면, 너무 추천해."
"나는 애가 없었으면 진작 이혼했을지도 몰라."
"내 애를 낳으면 '절대사랑'이라는 게 생겨. 새로
운 세상이 열린다고. 그걸 평생 모른다는 건 조금
아쉽긴 하다."

그리고 어르신들에게는 또 혼났다.

"왜 너흰 너희 생각만 하니. 손주 기다리는 부모님
생각 좀 해라."
"사람은 아이를 낳아봐야 어른이 되는 거야."
"애를 낳아야 안 헤어지고 평생 살 수 있는 거다."

어른들 눈에 우리는 철없는 날라리 부부 그 자체였다.
하지만 그런 말들에 흔들리지 않을 만큼 J와 나 각자에
게는 나름의 이유가 분명히 있었다. J는 그 자신이 가정
이라는 곳에서 크게 행복을 느끼지 못하고 자랐기 때
문에 자식에게 그런 일을 겪게 하기 싫다고 했다. 그의

직업 자체가 떠돌아다니는 일이기 때문에 좋은 아버지가 될 자신이 없다는 것이었다. 나의 이유 중 가장 큰 것은 나의 에고였다. 내게 나 자신보다 더 사랑할 누군가가 존재하게 되는 게 무서웠다. 세상에 나를 중심에 놓고 살 수밖에 없는데, 그럴 수 없게 하는 존재가 생겼을 때의 어떤 희생과 혼선을 감내해낼 자신이 없었다. 나는 하고 싶은 게 너무나도 많았다. 다른 이유는 J의 직업상 혼자 아이를 키워야 할 텐데 엄두가 나지 않는다는 것이었다.

둘 모두의 뜻이 확고했고 주변에도 알렸지만 아이에 대한 질문과 압박에 놀랄 만큼 자주 부딪혔다. 나는 본디 아이를 좋아했고 어디서건 어린아이를 보면 그를 향해 미소 짓곤 했는데, 아이들을 예뻐하는 기색만 취해도 '그렇게 애를 좋아하면서 왜 안 낳느냐'는 핀잔을 들어야 했다. 나는 아이들과의 교감, 그들과의 대화를 사랑한다. 그러나 아이를 예뻐하는 것과 내 아이를 낳는 것은 완전히 다른 문제다. 그런 항변 역시 번번이 묵살되었다. 낳아보면 네 애는 더 예쁠 걸, 아이 문제에 있어서 너희는 아직 뭘 모른다, 조금 지나면 생각 바뀔 거다, 그 말들을 결혼한 내내 들었다.

모든 것이
시작되었다

결혼을 결심한 순간부터 결혼식까지의 과정은 몹시 순탄했다. 이 사회가 그렇게 세팅이 되어 있었다. 세상이 '여기로 이렇게 가시면 결혼 완료입니다' 일사천리의 융단을 깔아두고 친절하게 안내하는 것 같았고 나는 가장 큰 물살을 타고 편안하게 몸을 맡기기만 하면 되었다. 보편적 형태의 식과는 여러 가지로 다르게 진행했음에도 큰 어려움을 느끼지 않았다. 나의 모부는 '결혼 이야기를 하고 있다' 이 한마디에 당장 상견례 날짜를 잡았고 상견례 이후 결혼 준비는 가속도가 붙었다. 동성끼리는 그렇게도 어려운 결혼이 이성 부부에게는, 서로에게 확신도 없는 부부에게조차 이토록 쉽다. 결혼에 대한 망설임, 불안, 고민 같은 걸 지속할 틈조차 주지 않고 '자, 자, 이럴 시간이 없다고. 어서 일어나 움직여!' 하고 몰아치듯 떠민다. 거쳐야 할 형식, 과정, 준비가 건건이 마련되어 있고 거기에 쫓기다 보면 어느새 나는 '딴-딴-따단-' 소리를 듣고 있다는 말이다.

그렇기 때문이었을까. 나는 식을 올린 바로 다음 날 '후회'라는 걸 하고야 만다. 일단 가장 먼저 '그들은 결혼하여 천년만년 행복하게 살았다'는 결말을 쓴 동화 작가에게 따져 묻고 싶다. 저기요, 당신 결혼 안 해봤죠? 아니면 혼자만 망할 수 없어서 내린 저주입니까? '결혼=불행'이라는 말을 하고 싶은 건 아니다. 중요한 것은 결혼이 사랑의 결론이 아니라는 점이다. 나에게 있어 결혼은 모든 것의 시작이었다.

결혼하자마자 뭐가 한순간에 바뀐 것은 아니었다. 나와 J는 여전히 원거리 부부로 지내면서 1, 2주에 한 번씩 만났고 각자의 일을 했다. 각자의 일과 관련된 친구들을 만나고, 각자가 좋아하는 술을 따로 마셨다. 그럼에도 '결혼 후의 심정을 서술하시오'라는 주관식 문제가 있다면 나는 이렇게 쓰고 싶었다.

"아무 일도 일어나지 않았는데 분명 큰 일이 일어

난 것 같다."

허수경 시인의 시구를 빌려 이야기하자면, 가까운 곳이 아닌 저 "먼 곳에서 누군가가 북극곰을 도살하고 있는 것"*만 같은 불안한 기운이 나를 맴돌았다. 시 속에서 화자는 헤어지자고 말하는데, 나는 그럴 수 없었다. 프러포즈 때의 패기는 다 어디 가버렸는지. 결혼은 확실히 연애와는 달랐다.

어깨에 커다란 돌덩이 하나를 메고 지내는 기분이었다. 이것을 누군가는 책임감이라 하고 어떤 사람들은 의무라고, 또 어떤 사람들은 구속이라고, 제약이라고도 한다. 책임감과 의무와 구속과 제약의 미묘한 지점들을 줄타기하면서 나는 설명할 수 없는 압박을 느꼈다. 내가 밀어붙여 시작한 결혼인데 시작부터 쉽지 않았다. 똥줄이 탔다.

* 허수경, 「수수께끼」 『빌어먹을, 차가운 심장』, 문학동네, 2011.

결혼에
어울리는 여자
좋아하시네

'내가 언제부터 이렇게 사람들의 시선을 신경 쓰는 사람이었지?' 결혼한 뒤 나는 끊임없이 위축되었다. 남들이 뭐라 생각하든 스스로 원하는 바를 찾는 일이 늘 가장 중요했던 내가 없었던 사람이기라도 한 것처럼, 모든 것이 의식됐다. 사람들이 '신혼의 삶'에 던지는 관심 어린 시선이 너무나도 부담스러웠다. 가까운 사람들에게조차 하루아침에 '나'가 'J의 아내'가 된 현실이 부자연스러웠다.

아내라는 말 속에는 수많은 기대가 들어 있다. 일종의 역할 놀이를 전제한다. "아내가 아침밥은 차려주냐?" 그렇게 물으며 사람들은 남편의 행복을 잰다. 결혼 후 맞은 시모부의 첫 생신 잔치에 아내는 요리 솜씨를 발휘한다. 고된 일을 하는 남편과 그 동료들을 위해 가끔 일터로 손수 만든 도시락을 보낸다. 그런 역할 놀이 안에는 가장으로서의 남편, 힘 쓰는 일을 하고 아내를 보호하는 남편의 역할도 존재한다. 그리고 이 놀이가 남편의 역할을 주인으로 전제할 때 아내의 역할에는 주인을 봉양하는 의미가 깃들어 있다. 결혼 이후 둘의 삶을 어떻게 만들어갈지를 함께 상상해보기도 전에 나는 덮쳐오는 이 역할 기대에 짓눌렸다. 내가 내 인생의 주인인 것이 언제나 가장 중요했던 내가 정신 차려보니 주인을 봉양할 의무를 지고 있었다.

　나는 실로 당혹했다. 그 기대는 내 삶을 조금씩 좀먹고 나를 갉아냈다. 결혼한 여성을 향한 이런 역할 기대가 있다는 것을 모르지 않았다. 나를 이토록 당황하게 한 것은 주어진 기대가 아니라 그 기대에서 조금도 자유로울 수 없는 나였다. 세상에 그런 압박이 존재한다 해도 나는 그렇게 느끼지 않을 수 있다고 자부했다. 그러나 그렇지 않았다. 그것은 고스란히 내 어깨에 짐으로 쌓이고 있었고 그것을 거부하고 몰아낼 힘을 도무지 낼 수가 없었다.

나는 결혼한 주변 사람들에게 결혼 후 이유 없이 압박을 느끼지 않느냐, 세상이 너를 대하는 방식이 너무 많이 변하지 않더냐고 물었다. 절박한 두려움은 감추고 마치 아무렇지 않은 듯 묻고 다녔다. 이런 나의 불안이 불행으로 비치고 그대로 굳어질까 염려되었기 때문이다. 내가 가장한 질문의 가벼움만큼의 대답이 돌아왔다. 대부분 대수롭지 않다는 듯, 적응할 때는 좀 힘들지만 곧 편해진다고 위로해주었다. 조금도 위로가 되지 않았다. 오히려 더 다급해졌다. 나는 괜찮아지지 않았다. 하루가 가고 한 달이 가고 석 달이 가도 하루하루 1센티미터씩 차곡차곡 가라앉는 배에 올라탄 기분은 사그라지지 않았다.

스스로 '이유 없는 압박'이라 말한 것은, 사실상 시어머니도 남편도 내게 '일해라절해라' 하지 않았기 때문이다. 그러면 나는 왜, 무엇을 견딜 수 없는 것인가. 나는 정말 그냥 결혼하면 안 됐던 사람인가? 불안은 죄책감이 되었다. 다 내 잘못인 것 같았다. 어느 순간부터 나는 타인에게 내 그런 심경을 숨기게 되었다.

'거봐, 내가 너는 결혼에 어울리는 사람이 아니라고 했지?' 이 비슷한 말이라도 한다면 J의 뒤통수를 후

려갈기지 않을 자신이 없었다. 내 안에 방어기제가 작동하기 시작했다. J가 '힘들어?'라고 걱정 어린 눈으로 묻기 전에 앞질러 태연한 사람이 되어갔다. 감정을 숨기자 내가 아닌 모습을 조금씩 연기할 수 있게 되었다. 자연스레 역할 놀이에도 몰입할 수 있었다. J의 지인들을 만나면 스스로 '양처'라 생각되는 연기를 했다. 그런 나를 향해 돌아오는 시선이 싫지 않았다. 나는 '내가 결혼에 맞는 사람이 아니'라는 사실이 '아니'라는 사실을 증명해 보이고 싶었다. 처절하게 고군분투했다.

그러나 말과 행동을 아무리 꾸며대고 사람들에게 좋은 말을 들어도 끝내 피할 수 없는 것은 내 안에서 내게 던져지는 질문이었다. 대체 어떻게 하면 아내가 된 내게 던져지는 의무를 다하면서도 자유로울 수 있을까? 나도 지키고 결혼 생활도 지키려면 어떻게 해야 하지? 나는 아내가 된 것이 맞는데, 왜 이것을 역할 놀이라고 인식할까. 결혼이라는 거 뭔가 단단히 잘못된 거같은데, 왜 여태껏 아무도 의문을 제기하지 않았지? 그저 내가 이상하고 지랄 맞은 여자인 건가? 이번 생은 망한 걸까? 어리석은 자문자답의 수렁은 깊어져만 갔다.

막장 드라마

이제부터 나의 호기로운 결혼은 갈가리 파탄 날 것이다. 실체를 알 수 없는 불안은 실체를 발견해가는 불행이 될 것이다. 하지만 「부부의 세계」 같은 드라마가 히트하는 세상이니 이런 이야기쯤은 생각보다 흔하디흔할지도 모른다. 파티는 끝난다. 들뜬 이벤트 같은 나날은 찰나와 같고 그 뒤로는 지루한 일상이 삶을 오래도록 가로지른다. 그 시간이 삶이고, 중요한 것은 그 시간을 잘 보내는 일이다. 하지만 나는 처음부터 쉽지 않았다.

일단 우리는 주말부부였다. J의 직업이 한옥 목수였던 탓에 지방에서 일을 하다 보니 가깝게는 일주일, 보통은 이 주일, 더러는 삼 주일 만에 겨우 이틀 정도 함께 있을 수 있었다. 결혼 전에도 원거리 커플로 오래 지내왔지만, 결혼을 하고 난 후 떨어지는 건 정말이지 다른 문제였다.

4000에 45만짜리 집에 주황 페인트를 칠해 꾸민 신혼집이지만, J는 정작 자신은 그 공간에서 지낼 수 없다는 사실에 아이러니를 느꼈을 것이다. 나도 J와 떨어져 지내기는 결혼 전과 마찬가지인데도 갑자기 결혼한 여성이라는 신분을 향한 잣대가 대어진 현실이 무겁게 느껴졌다. 이전과 똑같이 각자의 자리에서 각자의 사람들과 지내는데, 나는 여자가 결혼하고서 밤늦게 술 먹어도 되냐는 말을 빠짐없이 들었다. 남편이 바깥에서 고생하는데 놀기나 한다는 소리도 들었다. 이런 소리가 놀랍도록 흔했다. 아, 저도 일을 하고 있는데 말이죠? 남편도 지금 술 마시고 있는데 말이죠? 제가 술 잘 마시는 게 내 모부의 자랑이었는데 말이죠? 왜 그런 말을 남편에게는 하지 않는 것이죠?

우리는 멀리서 각자가 느끼는 일상의 무게를 서로에게 알리려 고군분투했다. 내가 더 무겁다, 아니다, 내가 무겁다 하는 것으로 다투었다. 서툴고 두려운 마음을 함께 풀어갈 현실적인 시간도 요령도 없었다. 10월에 결혼해서 그다음 해 봄이 오기까지 나와 J 사이는 전쟁 그 자체였다.

"원래 신혼 초에 더 싸우는 법이야. 치약 짜는 거, 변기 뚜껑 닫는 거로 싸운다니까."

그런 말들 역시 조금도 위로가 되지 않았다. 우리는 그런 일상을 나누지 못하는 채였다.

그렇게 다다른 결혼 이듬해 초봄, 결코 이전으로 돌아갈 수 없는 일이 일어났다. 밤 10시경 J에게 전화를 걸었을 때 그는 동료들과 술자리에 있었다. 내 전화가 온 것을 모르고 실수로 터치했는지 전화가 연결되면서 건너편 술자리의 대화를 고스란히 듣게 되었다. J는 내가 듣고 있다는 사실을 모르는 듯했고, 술자리에 모인 한옥판에서 일하는 남자들과 가게에서 일하는 분들로 추정되는 여자들의 대화가 오가고 있었다. 거기서 남자들이 여자들에게 던지는 말들은 노골적인 외설과 희롱이 섞여 있었다. 그리고 추한 말을 던지는 남자의 목소리 중에는 내가 수년간 사랑해온 J의 목소리도 있었다.

하느님. 부처님. 거짓말이죠. 아니라고 말해주세요. 이런 저질 드라마 속 우연 같은 장면을 제 인생에 넣지 말아주세요.

그게
다가
아니었다

변명의 여지 없이 이때 당장 이혼했어야 옳다. 이때는
혼인신고도 하기 전이라 더 깔끔했을지도 모른다. 그러
나 내 머릿속에는 결혼식장을 울리던 아버지의 노랫소
리, 세상 사람들의 시선 등이 맴맴 돌았다. 지금 생각해
보면 어리석게도 느껴지지만, '이것이 망가지면 내가
다시 직장 생활을 할 수 있을까?'까지 생각했다. 그만
큼 두려웠다. 세간의 시선을 상상하며 스스로를 궁지로
모는 내 모습에 가장 놀란 건 나 자신이었다. 늘 자신을
위해 살리라 자부하던 나는 이 상황을 박차고 일어서지
못했다. 무력감이 나를 좀먹었다. 나 자신만을 끊임없
이 미워했다.

창문을 여니 차가운 공기 너머로 봄기운이 스멀스멀 올라왔다. 그 도약의 공기가 폐부를 찌르도록 아플 수도 있다는 걸 그때 처음 알았다. 나는 숨쉴 때마다 통증을 느끼며 오래도록 누워 있었다. 스스로에게 바닥없이 실망하면서도 쉽사리 몸이 움직이지 않았다. 내가 선택한 결혼이라는 단어가 주는 무게에 혼자 짓눌려 있는 선명한 감각이 나를 꿰뚫었다.

프러포즈할 때 내 입으로 말했다.

"언제든 아니라는 생각이 들면 돌아오자."

그러나 이미 나는 내 말에서 너무 멀리 와 있었다. 내 프러포즈 얘길 듣고 부정적 반응을 보였던 사람들의 생각에, 행동에 나는 이미 가까이 다가서 있었다. 스스로의 모순을 견디기 어려웠지만 내 행동이 그랬다. 평생을 걸쳐 어렵사리 쌓아온 나 자신에 대한 믿음이 이토록 순식간에 무너질 수가 있는가. 좌절하면서 끝없이 자책했다.

J는 그날 취해서 아무런 기억이 나지 않는다고 했다. 나는 J에게 녹음한 일부 내용을 들려주었다. 그는 한동안 말이 없었다. 그러곤 그날 이후 몇 날 며칠을 눈물로 내게 사죄했다. 무릎을 꿇은 J에게 나는 냉정하게 말

했다.

"사과를 해야 할 대상은 내가 아니야. 그 여자분들이지. 일단 사과를 드리고 와."

J는 그렇게 했다. 그러곤 다시 물었다.

"어떻게 해야 내가 너와 잘 살아갈 수 있어?"

그 순간에 대해서 나는 너를 용서할 수 없노라고 말했다. 그는 애원했다.

"너랑 지낼 수만 있다면 한옥판을 떠나고 싶어. 하지만 여기 있는 이상 이렇게 살 수밖에 없어. 나도 출퇴근하면서 너랑 살고 싶어."

자신의 말과 생각이 아니었다고 무릎까지 꿇는 남편을 보면서 나는 어떤 결정을 해야 했을까.

"왜 주변 탓을 해."

그렇게 내뱉고는 있었지만, 나는 이미 J의 말을 믿으려 하고 있었다. 그게 사실이길 바랐기 때문이다. 그러나 그게 다가 아니었다.

현실의
품위

잠시 이 원고를 쓰고 있는 현재로 되돌아온다. 김밥천
국에서 김치수제비를 먹으며 회사 후배에게 J에 대해
이야기하고 있었다. J의 술자리 대화를 엿듣게 된 때의
이야기를 하면서 나는 문득 책을 위해 텍스트로 정리한
내용만을 그때 내가 겪은 일의 전부로 인식하고 있다는
것을 깨달았다. 이야기를 하다가 나는 곧 정정했다. 아,
이건 책에 쓴 내용이고 사실은 말이야…….

　앞에 쓰지 않은 내용을 들은 후배가 젓가락을 내려
놓으며 비장하게 말했다. 선배. 그것도 쓰세요.

　"선배가 왜 그것까지 말하지 않았는지는 알겠어.
알겠는데, 그걸 써야 선배의 선택이 납득이 돼. 무엇보

다, 이건 선배가 잘못한 일이 아니잖아.”

　내가 과거를 후회하고 과거의 나를 이해하지 못한
다고 해서 사실을 축소할 이유도 부끄러워할 이유도 없
다고 후배는 말했다. 나는 뒤통수를 세게 얻어맞은 듯
했다. 왜냐하면 이 책을 쓰면서 내가 가장 크게 느끼고
있던 지점이었기 때문이다. 나는 과거의 나를 미워했으
며, 그 시절의 나를 은폐하고 싶어했다. 그러면서도 어
리석은 나를 보호하고 싶었고, 감싸고도 싶었다. 후배
는 그 점을 지적한 것이다. 뼈아프지만 나는 나를 돌아
보지 않을 수 없었다.

　그날 내가 수화기를 통해 듣고 기억에서조차 지워
버리고 싶었던 내용은 그 자리에 있던 한 분노한 여자
분의 음성이다. J가 모텔에서 술집 주인에게 전화해서
아가씨를 불러달라고 했으며 아가씨가 모텔에 도착하
자 얼굴을 보고는 “못생겼으니 너는 돌아가고 다른 사
람을 보내라”고 했다는 사실이었다.

　그렇다. 나는 이 내용을 쓰기가 부끄러웠다. 모멸
감을 느꼈다. 나에게 닥친 일이라는 걸 밝히고 싶지 않
을 만큼 수치스러웠다. 성매매한 사실이 밝혀지며 사람
들이 싸늘하게 등 돌린 한 남자배우가 생각났다. 그때

그의 아내는 모든 게 자기 잘못이라고 SNS에 장문의 사과 글을 올림과 동시에 모든 걸 비공개로 전환했다. 그땐 세상 사람들을 따라 나도 그 여자가 답답하다고 생각했다. 저 여자는 잘못한 것도 없는데 왜 십자가를 함께 지려고 하는 것인가? 그런데 딱 내가 그런 꼴이 된 것이다. 내가 아는 나에게서, 내가 꾸리고 개척하고자 했던 삶에서 나는 얼마나 멀어진 걸까?

이후 J가 무릎을 꿇은 건 맞다. 그러나 사실은 더 있다. 그 일이 있고 나서 얼마 지나지 않아 가족 일로 부산에 간 적이 있다. 나는 태연한 척 행복을 연기했지만 눈치 빠른 언니는 나를 보고 무슨 일이 있었다는 것을 짐작했다. 그날 언니는 J와 나에게 엄청나게 많은 술을 사주면서 말했다.

"오늘 술 먹고 죽는 날이야. 죽을 만큼 마시는 날이야."

그렇게 우리 둘을 기절시켜놓고 언니는 내 핸드폰을 뒤졌다. 그리고 내게 일어난 일들을 파악한 언니는 그길로 잠든 J에게 바가지째 물을 쏟아부었다. 언니는 짐승처럼 울부짖었다. 내 동생이다. 내 동생이다. 네가 뭔데 이런 상처를 줘, 네가 뭔데…….

새벽에 집이 발칵 뒤집혔다. 엄마, 아빠도 그 사실을 알게 되었다. 그날부로 J는 입장을 바꾸었다. 이혼하고 싶다고 했다. 시어머니도 이 사실을 알게 됐다. 그는 고이고이 키운 아들이 아무리 잘못을 했다고 해도 처형한테 그런 수모를 받을 수는 없는 일이라며 분노했다.

어렸을 때 엄마 아빠가 싸우는 광경을 보면서 나는 커서 절대 그러지 말아야지 했었다. 8시 30분에 하는 드라마에나 나오는 낯간지러우면서도 화목한 가정까지는 아니라도 어느 정도의 격을 갖춘 모습으로 살아가고 싶다고 생각했다. 그러나 눈앞의 현실에는 조금의 품위도 없었다. 이제껏 살아오면서 쌓아왔다고 착각한 모든 것이 한꺼번에 와르르 무너지고 있었다.

모든 사람이 상처받았다. J는 J대로, 모부는 모부대로, 언니는 언니대로, 시어머니는 시어머니대로. 그쯤 되니 나는 내 상처는 보이지 않았다. 나로 인해 이 사단이 촉발되었다는 죄책감에 시달리며 상황을 수습하기에 급급했다. 상처받은 사람들이 하나, 둘, 셋, 넷……. 나는 누가 시키지도 않았는데 그들을 달래고 사과하고 안심시키기에 바빴다.

"난 괜찮아. 괜찮아요. 걱정시키지 않을게."

J도 내가 붙잡았다.

"J, 결혼이라는 게 뭐야. 다시 잘 헤쳐 나가보자. 헤어질 때 헤어지더라도 이렇게 도망치듯 하지는 말자."

마치 나는 가운데 심판관이라도 되는 것처럼 모든 것을 중재하기에 정신이 없었다. 제일 먼저 도망갔어도 됐을 텐데, 그때 내게 나의 마음은 조금도 고려 대상이 아니었다.

지금의 나라면, 그 혼란을 중재할 에너지로 온전한 나의 삶에 집중했을 것이다. "다 때려치울래" 하고 뛰쳐나와 내 일과 내 친구들과 내 치유와 성장에 집중했을 것이다. 하지만 당시의 나는 전혀 다른 선택을 했다. '내 남편'과 함께 끝이 어딘지도 모르면서 끝까지 한번 가보기로 한 것이다. 나는 야반도주하는 빚쟁이처럼 내 생활 터전을 정리하고 J와 제주도로 갔다.

결혼 생활
제2막

제주는 참 좋은 곳이다. 매번 여행할 때마다 '여기 산다면 얼마나 행복할까' 늘 생각해왔다. 그러나 당연히 여행자의 감상과 일상은 다르다. 내게 결혼식과 결혼 생활이 천지 차이였듯 제주 여행과 제주에서의 삶 역시 그럴 것이다. J를 사랑했지만 결혼을 하자마자 J와의 결혼을 후회했듯 제주를 사랑하지만 막상 살게 되면 당장 후회하게 될지도 몰랐다. 어쨌든 제주 이주를 결정할 당시 나는 제주를 잘 몰랐다. 다행인지 불행인지는 모르겠다. 어쨌든 잘 몰랐기 때문에, 궁지에 몰렸던 나는 제주로 떠날 결심을 할 수 있었다.

제주도로 떠나기 전 나는 고통을 잊기 위해 운동을

했다. 종교도 없으면서 스님의 말씀이 나오는 유튜브를 밤새도록 들었다. 헤어질 용기가 없으면 노력하라, 너무 맞는 말 같아 화가 났다. 절박하게 돌파구를 찾아 심리학 책이며 철학 책을 기웃거려보기도 했다. 그러는 동안 내 안의 두려움이 이 상황을 뿌리치지 못하고 있다는 것을 깨달았다. 이제 와 모든 것에 등 돌린다고 해도 자유로운 나로 돌아갈 수 있을 것 같지 않았다. 약하고 길 잃은 채 혼자로 돌아가는 게 무서웠다. 이혼을 하고 나면 자유로워지기는 할지조차 가늠되지 않았다. 비혼과 탈혼에 대한 인식이 몇 년 사이 바뀌었다고 느낀다. 만약 지금과 같은 분위기였다면 그때 조금이나마 더 용기를 낼 수 있었을까도 생각해보지만 소용없는 일이다. 당시 나는 내 두려움의 실체가 무언지 고찰하고 정면 대응하는 방법을 얻지 못했다. 나는 두려움이 두려워서 더 먼 곳으로 도망쳤다. 그래서 결혼을 떠나는 대신 제주도로 이민을 택했다.

　　도착한 날 제주는 사방이 안개였다. 헤드라이트를 켜고 살금살금 기어서 차를 몰던 그날 밤 J와 나는 "이게 우리 미래는 아니겠지?" 하며 껄껄 웃었다. 그 웃음 속엔 두려움도 있고 기대도 있었다.

이주가 돌파구가 될 수 없다는 것쯤은 알았다. 위태롭던 우리가 제주에 간다고 파라다이스가 열릴 거라고는 여기지 않았다. 블로그에서 보는 아름답고 여유롭고 자연 친화적이고 소박하지만 궁색하지는 않은 삶을 기대하고 제주로 떠난 것이 아니다. 제주는 수단에 가까웠다. 처음 결혼을 했을 땐 연애 때 그랬듯이 떨어져서 지내는 게 가능할 거라 생각했다. '주말부부가 되려면 3대가 덕을 쌓아야 한다'는 따위의 말을 좋을 대로 해석하며 희망을 점쳤었다. 하지만 결혼이라는 건 분명 팀플레이인 부분이 있어서, 서로 혼자만 온갖 짐을 떠맡고 있다고 억울해하던 나와 J에게는 꼭 한 번은 겪어야 할 '함께'라고 여겼다.

그즈음 제주 여행 중에 나와 J는 예상치도 않게 어떤 집을 소개받았다. 집의 좋고 나쁨 따위는 안중에 없었다. 주저함을 불식시킬 수 있을 만큼의 용기, 그 집을 보는 순간 그게 생겼다. 무엇보다 제주는 동그란 섬이므로 어쨌거나 J와 떨어져 지내지 않을 수 있었다. 그럼 된 거라고 생각했다.

칼을 뽑는
심정으로

결혼을 할 때 마음먹었듯, 하는 데까지 해봐도 아니라면 포기하겠다고 생각했다. 하지만 지금 여기서 관두고 싶지는 않았다. 제주 이주를 결정할 때 내 안에는 마지막 칼을 뽑는 심정이 도사리고 있었다. 헤어질 때 헤어지더라도 최선을 다했다는 확신이 필요했다. 그래야만 미련 없이 헤어질 수 있으리라는 비애 섞인 심정이 이미 함께 있었던 것 같다. 돌이켜보면 그 선택을 했던 고작 서른둘의 내가 안타깝다. 왜 그땐 그토록 혼자 짊어지려고 했는지 모르겠다. 지금은 그러지 않는다. '아이고, 나 죽네, 주변 사람들아!' 하고 알리고 본다. 경험으로 배운 귀중한 능력이다.

어쨌거나 J와 함께 제주에 살겠다는 선택이 즉흥의 색채였음은 분명하다. 때문에 당시 우려하던 이들의 충고에 공감했고 감사했다. 우리를 바라보는 시선 안에 격정, 염려, 믿음이 뒤섞여 있다는 것을 모르지 않았다. 나를 사랑하는 마음에서 비롯되었다는 것도 잘 알고 있었다. 다만 당시 나는 신중하고 모순적이고 혼란스러웠으며 슬픔으로 가득했다. 내가 알았던 J는 실제 J가 아니라는 예감이 확신으로 바뀌는 과정에서 오는 혼선도 있었다. 그러면서도 내가 선택한 인생에 마지막 칼을 휘두를 결심을 쥔 채 제주로 떠난 건 고생을 사서 하는 평소의 성격이 한몫했으리라.

제주에 가면서 기대한 것이 있다면 세 가지였다. 떠돌지 않고 나무를 만지며 사는 J의 삶, 적어도 방세 때문에 취업을 고민하지는 않는 나의 삶, 마지막으로 안정과 행복. 가난할지언정 인간으로서 품위 있는 일상을 되찾고 말겠다는 의지를 다졌다. 그리고 넷째로 내가 더 이상 불행하지 않기를. 이건 혼자 속으로 바랐다. 불행의 끝을 손에 넣을 수 있다면 기꺼이 다른 모든 것은 감내할 수 있으리라 믿었다. 그렇게 나는 2014년 여름 서울을 떠났다.

충분하고
덧없는
행복

결혼에만 허니문이 있는 건 아니다. 친구 사이에서건 직장생활에서건 그 어디에서건 어떤 관계의 시작에는 크고 작은 허니문이 있다. 알 수 없는 미지의 시간에 대해 행복만이 펼쳐질 것이라 믿고 싶은 봄날과 같은 그런 시기 말이다. 나 비록 결혼에는 허니문이 없었지만, 제주 생활을 시작할 때는 있었다고 말하겠다. 그런고로 초창기 제주 생활이 어땠느냐고 묻는다면 어쨌거나 행복했었노라고 하리라.

행복이라는 말은 일종의 진공 상태를 함의하는 듯하다. 행복했던 어떤 순간을 떠올리면, 시간도 없고 공간도 없는 채로 그 속에 영원토록 머무는 상태로 존재하는 것과 같기 때문이다. 행복이 기억 속에 머무는 어떤 순간의 방부한 지속이라면, 나는 그것을 붙잡아 스스로를 꽁꽁 둘러매고 싶었다. 나는 행복해야 했고, 그렇게 보여야 했으며, 행복할 것이라 믿었고, 그것이 지속되기만을 바랐다.

제주로 떠난 시기가 때마침 휴가철이라 낡고 오래된 집으로 친구고 선배고 사람들이 종종 찾아왔다. 장미가 잘 사는가 궁금한 마음에, 응원하는 마음에, 그렇게 외지로 떠나버린 것이 못내 서운한 마음에 고맙게도 한 번씩 방문해준 이들이 있었다. 그 가운데는 내 모부도 있었다.

제주로 이주한 지 한 달이 채 못 되어서 엄마와 아빠가 제주에 다녀가시기로 했다. 달걀 배달을 하는 아빠는 주말도 없이 일을 했다. 주말은 빵집 장사가 잘되기 마련이라 달걀을 납품하는 아빠에겐 주말 여행이 사치였다. 언니와 엄마와 내가 태국 여행을 갔을 때도 제주로 떠날 때도 아빠는 묵묵히 달걀 배달을 했다. 명절도 휴일도 따로 없었다. 그런 아빠가 어찌어찌 시간을 겨우 빼서 제주로 오기로 한 것이다. 나는 그 의미를 모르지 않았다. 나는 나대로 비장해질 수밖에 없었다.

나와 J는 100년 된 제주 농가 주택을 쓸고 또 쓸고 닦고 또 닦았다. 아는 사람이 아무도 없고 누구도 우리에 대해 모르는 섬, 우리가 사는 100년 된 집의 기왓장을 털면 100년 된 먼지가 내려앉았다. 그곳에서 꾸려가는 삶이란 서로를 의지하지 않고는 불가능한 것이었다. 우리는 하얀 제주 소주를 사고 서귀포 시장에서 사온 갈치로 갈치조림을 했다. 썰물일 때 앞바다에 나가 잡아놓은 보말로 다음날 미역국을 끓일 준비도 완료하고 하우스 감귤도 한번 사보았다. J와 비로소 무언가 하나의 방향으로 움직이는 느낌이 싫지 않았다. 이런 게 결혼이고 함께라면 우리에게는 여태껏 그것이 부족했던 것이구나, 한편으로는 안도감이 한편으로는 쓸쓸함이 밀려왔다. 기대와 두려움으로 잔잔한 전율이 일었다. 살아 있다는 긴장감이 이다지도 강렬하게 느껴진 것은 실로 꽤 오랜만의 일이었다.

누군가가 보았다면 그런 우리는 여지없이 행복한 신혼부부였을 것이다. 일정 부분 맞기도 했다. 결혼이란 건 이런 거구나, 어떤 흠집을 겨우겨우 메운 채 같이 살아가는 것이구나, 그러니까 비밀이 더 많이 생기고 술 먹고 눈물이 많아지는 걸지도 모른다……. 혼자 저 멀리서 들려오는 파도 소리를 들으며 그렇게 자위했다.

　새 집에 나를 보러 와준 엄마 아빠 앞에서만큼은 무척 행복했다. 두 분이 오신 2박 3일 내내 정말로 행복하기만 했다. 철없고 짓궂은 농담을 해대는 영락없는 막내였다. 자타 공인 강태공이라던 아빠의 낚시는 형편없었고 늘 끝내주는 국물 맛을 내던 엄마의 매운탕이 이상하게도 맛이 없었다. 하지만 내게는 맛있었다. 맛있다, 맛있다를 연신 내뱉었다. 바닷속 용왕이 도왔던지 잠수를 하고 있는데 문어가 제 발로 내 손에 쑥 들어오기도 했다. 그때의 사진이 아직 남아 있는데 세상을 다 가진 해맑은 모습을 하고 있다. 한동안 나는 세상에 어둠이란 건 모르는 사람처럼 지냈다. 아주 오랜만에 깨끗한 웃음을 할 수 있었다. 내가 웃기 시작하면 온몸이 들썩였다. 익살을 떨었다. 그것이 내가 엄마 아빠에게 줄 수 있는 전부라 여기면서 그렇게 했다.

　그러나 실은 견디기 어려웠다. 내 웃음에 크게 안도하면서도 그 너머의 너머로 나를 걱정하는 모부의 깊은 눈빛을 감당하기가 어려웠다. 서로 그런 마음을 다 감춘 채 나처럼 웃기만 하는 그들을 정면으로 응시할 수 없었다.

    '저 애는 저렇게 속절없이 웃고 속으로는 앓는 애
지.'

    나를 꿰뚫어 볼 듯한 그 눈빛이 무서웠다. 무언가
를 들킬세라 웃고 마시고 떠들었다. 그렇게 다 함께 왁
자지껄한 잔치를 치렀다. 우리는 웃으면서 울었을 것이
고 서로를 사랑하는 것만큼이나 서로의 행복을 빌었을
것이다. 그것으로 나는 충분히 행복했다. 그토록 내가
나의 행복을 바랐던 적은 그 전으로도 그 후로도 한 번
도 없는 것만 같다.

허니문이
지나고
1

질문을 많이 받았다. "어때? 좀 살 것 같아?" 좋았다. 제주살이는 분명 좋은 점이 많았다. 하지만 동그란 섬마을에서 이제는 남편과 함께 산다고 해도 내가 '결혼한 여자'라는 것만은 변하지 않았다.

어느 순간부터 이웃 할망, 하르방들이 나를 꾸짖었다. 풀을 안 벤다는 것이다. 섬사람들은 텃밭에 잡초 자라는 속도를 보면서 그 집 아내의 부지런함을 점친다고 했다. 내게는 이웃에게 점쳐질 부지런을 내놓을 마음도, 하루가 멀다하고 쑥쑥 자라나는 잡초를 감당해낼 재간도 없었다. 무엇보다 그런 인식에 반발심이 일었다. 나는 그 소리를 듣자마자 텃밭 농사를 포기하기로 결정하고 밭에 농약을 싹 쳤다. 그 후로는 잡초가 야자수가 되건 무엇이 되건 신경 쓰지 않았다.

하지만 그저 순응할 때도 있었다. 결혼 전부터 익히 알던 '수저 놓기'의 권력은 사소하지만 사소하지 않다. 누가 시키지 않아도 둘러앉은 밥상에서 대체로 나이가 어린, 경력이 적은, 남자보다는 여자가 수저를 놓게 되는 그 이상한 시스템 말이다. 직장 생활을 할 때는 후배가 그 힘을 느끼지 않도록 먼저 수저를 놓았고 J에게나 아빠에게는 어디서건 수저 놓는 습관을 들이라고 잔소리를 해댔었다. 그런데 결혼을 하니 그 누구도 내 수저를 놓아주지 않았다. J와 함께한 자리에서 상대가 누구건 마치 J는 수저 놓기의 존재를 잊어버린 사람처럼 행동했다. 밭에 농약을 치던 기백으로 버텨볼 수도 있었겠지만 나는 여기부터 항복하여 어느새 하얀 휴지를 깔고 재빠르게 수저를 세팅하고 있었다.

시작된 항복은 수저에서 끝나지 않는다. J의 동료가 집에 놀러 왔을 때 나는 맘먹고 백숙을 차려 그를 대접했다. 남편 손님을 대접할 요리를 아내가 그토록 자연스레 전담하고 손님은 곧장 내 요리를 평가할 권위를 지닌 사람이 되어 "이 문어는 질기네요" "이 김치는 마

트에서 산 김치네" 했다. 뒤이어 종가집맛이라고 했던
가 양반맛이라고 했던가. 더 환장할 노릇은 그 자리에
서 나도 모르게 '엄마가 보내준 김치가 내일 도착할 텐
데 안타깝다'고 생각한 사실이다.

　　그 권력 질서에 하루가 다르게 깊이 섞여들어가는
감각은 스스로에 대한 환멸을 낳았다. 그럴 때마다 나
는 현실을 돌파할 엄두는 차마 내지 못한 채 누군가의
무엇이 아닌 나를 찾기 위해 고군분투했다. 도시에서보
다 훨씬 많은 시간을 글을 쓰고 책을 읽는 데 할애했다.
도시가 그리워 한 시간에 한 대 있는 버스를 타고 스타
벅스에 갔고 제주여성영화제에서 자원봉사를 하며 '여
성이 목소리를 내자!' 하는 캐치프레이즈를 외쳤다. 그
러면서 스스로가 굉장히 모순적인 사람이라고 느꼈다.

시어미와
며느리

나는 시어머니를 좋아했다. 정확하게는 정○○라는 이름을 가진 한 여자를 좋아했다. J와의 연애 시절 처음 그를 만났을 때 그는 자신을 J의 어머니가 아닌 친구로 여겨주면 좋겠다고 이야기했다. 그는 그의 지인들에게도 나를 아들의 여자친구가 아닌 자신의 친구라 소개했다.

그와 나는 J 없이 따로 만나기도 했다. 손이 크고 요리를 좋아하는 그는 자취하는 나를 위해 반찬을 싸주기도 했다. 주변에서 '아들 여자친구한테 그렇게 잘해줘봤자 아무 소용 없다'며 그를 말리면 그는 '너희 그런 정신 상태부터 고쳐라' 하고 되받아치는 사람이었다. 정이 많지만 누구에게나 다정하지는 않은 그가 좋았다.

매일 수영을 하는 그가 멋있었다. J가 멀리 있을 때 그와 나는 소주 여섯 병을 나눠 마시며 인생 이야기를 나누었다. "남자가 할 줄 알아야 한다"며 아들에게 자신의 생리대 심부름을 시키는 분이었다. 그를 한 사람으로 존경했다. 그런 그와 나였으니 결혼 후 시어머니와의 관계를 나는 조금도 걱정하지 않았다.

J와 결혼한 후 나의 시모가 된 그는 나의 존재가 자신 가정의 새로운 전환점이 되길 바랐다. 세상을 겉돌던 그의 남편이 좀 더 가정에 충실해지기를 원했다. 그는 내게 자주 시아버지한테 전화를 걸라고 종용했다. J가 왜 우리도 못 한 걸 장미에게 바라느냐고 물으면 "새로운 가족 맞이했으니 집안 분위기 좀 바꿔보자" 하셨다.

그는 결혼 선물로 내게 프라이팬과 반찬통 세트를 사주었다. 반찬통은 크기 별로 수십 개나 되었다. 그중에는 그가 사용하던 거대한 철제 반찬통도 있었는데, 겉절이라도 당장 담글라치면 필요하니 내게 준다고 했다. 어머니 저 김치 담가야 하나요? 그 질문은 입 밖에 내지 못했다. 나는 그가 내게만 준 '결혼 선물'이 무엇을 의미하는지 정확히 알았고 경악했다. 그래서 그저 "너무 많다"고 이야기했고 그는 "살다 보면 다 필요하다”고 했다.

그와 나의 관계는 결혼과 함께 마술처럼 바뀌었다. 화분이 예쁘다고 사진을 찍어 보내면, 화분 옆에 찍힌 식탁 위 반찬 수가 적다는 답변이 왔다. "장미에게 연락이 없다"며 섭섭하다 하셨다는 소리를 J에게 종종 전해 들었다. 서울에 신접살림을 차릴 때 함께 살까, 너희가 제주로 가면 나도 거기서 같이 살까, 하셨다는 이야기들이 건너왔다.

그와 나는 한 시절 분명 친구였지만 결혼 후 소위 '딸 같은 며느리'가 나는 될 수 없었다. 내가 도대체 어떻게 바뀌어야 그의 마음에 들 수 있었을까? 내가 그에게 이전과 다른 존재가 되었듯 내게도 그가 전혀 다른 사람이 된 것 같았다. 나의 부담감이 그의 선의를 곡해하는 것일까 고민했다. 가족이 된 뒤 오히려 내가 그를 멀리하는 잘못을 저지르지 않았는지 반성했다. 그러는 동안 나는 점점 그가 어려워지기 시작했고 J가 저지른 일들로 인한 갈등으로 점점 더 소원해졌다.

가장 낮은
신분의 사람

"요즘 애 같지 않게 직접 장 봐서 요리해 먹는 게 마음에 든다."

주변에서 장미의 가장 좋은 점이 뭐냐는 질문을 받았을 때 전 시어머니가 하신 대답이다. 그 말을 들은 시모의 친구는 "남편 굶기진 않겠네" 하시며 흐뭇해했다. 시어머니는 음식 솜씨가 좋고, 바깥에서 먹는 밥이나 배달하는 음식을 유독 싫어했다. 그런 그는 내가 제철 재료를 알고 계절에 맞춰 음식을 차려 먹는 것을 몹시도 기특하게 여겼다. 그러나 그런 '칭찬'을 들을 때마다 나는 희한하리만치 기분이 좋지 않았다. 그의 며느리가 아닌 그의 아들의 여자친구이던 때에는 그 이유를 깊이 생각하지 않았었다.

내 자취방 냉장고에 인스턴트 음식 하나 없이 딸기와 두부, 달걀과 봄동 등이 가지런하게 정리된 것을 본 친구들은 감탄하듯 "야, 너 정말 자신을 사랑하네" 했다. 나는 시모가 나를 거듭 기특해하던 모습과 그 말의 차이를 이제 정확히 안다.

먹거리에 신경을 쓰고 요리에 관심이 많은 나는 시모와 어른들에게 있어 '가족들을 잘 해 먹일 수 있는 사람'이었다. 그들의 기꺼움은 내가 훌륭한 며느리, 아내, 엄마가 될 거라는 기대였다. 실제로 결혼을 하자마자 기다렸다는 듯 동네 사람 다 먹일 크기의 반찬통들이 내게 주어졌다. 결혼한 여자인 나는 모두를 먹이고 돌볼 의무를 즉시 떠안았고 그 돌봄의 대상에 나 자신은 없었다. 결혼한 여자가 자기 자신을 위해서 좋은 식재료를 챙기리라는 건 세상에 존재조차 하지 않는 경우의 수인 것 같았다. 그러한 주변의 인식과 달라진 나의 위치를 깨닫자 곧 앞이 깜깜해졌다. 나는 모두를 봉양함으로써 '칭찬'받되 내가 응당 수행하는 것과 같은 돌봄을 누구에게도, 하물며 자신으로부터도 받을 권리가 없는 사람이었다.

"일을 하든 안 하든 여자는 결혼하자마자 상대 남자 집안의 가장 낮은 자리로 들어간다"는 친구의 경험담은 일리가 있지만 완전한 진실도 아니리라 믿고 싶었다. 시모와 나는 이전부터 쌓아온 관계가 있었고 구조적 불평등이 존재하는 만큼 사람들 간의 개인차도 존재할 테니 말이다. 하지만 믿음을 이어가기는 쉽지 않았다. 결혼 후 전 시모와 함께 외출했을 때 평일 낮의 카페에 유모차를 몰고 나와 커피를 마시는 젊은 엄마들을 본 시모의 과장 없는 반응은 이랬다. "미친년들." 그의 표현을 빌리면 "아이들을 데리고 산으로 들로 야외 학습을 다녀도 부족할 시간에 남편이 번 돈으로 하릴없이 모여 앉아 커피나 마시며 수다를 떠는" 그들이 좋게 보이지 않는다고 했다. 참지 못하고 엄마들도 쉬어야 한다는 요지로 반론을 하면서 "그렇구나, 네 말이 맞다"까지는 바라지 않았지만 적어도 "요즘 애들 생각은 그러니" 하고 넘어가실 줄 알았다. 그러나 결국 그의 완강한 비난에 두 손 두 발 든 건 나였다. 그에게 '엄마들도 한숨 돌려야 한다'는 말은 한 자락도 가 닿지 못하는 것 같았다.

'그분들 자신이 그렇게 살았기 때문에 어쩔 수 없다'거나 '옛날 분들이니까 좀 맞춰드려야지 어쩌냐' 같은 말을 수없이 들었다. 스스로 그렇게 생각하며 넘어가는 게 옳다고 믿으려 하기도 했다. 어떤 친구들은 시어머니가 자꾸 안 먹는 음식을 보내주신다며 곤란을 털어놨다. 부부 모두 일이 바빠 쌓이는 반찬을 번번이 제때 먹지 못하고, 그 음식을 정리하고 버리는 일은 '며늘아가'의 몫이다. 음식을 다 먹었냐, 얼마나 먹었냐 물으시면 거짓을 지어내며 감사를 표하는 일도 그의 몫이고 부담과 죄책감까지 더해져 갈수록 난감해지는 것이다. 먹으라고 챙겨주시는 것은 감사하지만 솔직히 스트레스라고 했다. 반찬을 받았느냐 먹었느냐 남았느냐 하는 확인을 며느리에게 하는 것은 내 아들을 제때 챙겨 먹였느냐, 귀한 내 아들에게 네 할 일을 제대로 하고 있느냐는 의미다.

친구들이 내 자취방 냉장고를 보고 단번에 알아맞힌 나, 딸기를 좋아하고 신선한 재료로 요리해 먹기를 즐기고 그런 식으로 스스로를 아끼는 나는 왜 '그 세계'에서는 존재할 수 없었던 걸까? 그때 나를 옥죈 것은 단순히 가사노동에 대한 압박이 아닌 내 신분에 대한 위기감에 가까웠는지도 모르겠다. 나는 몹시도 작아졌고 못 견디게 외로워졌다.

허니문이
지나고
2

제주의 아침은 빠르게 찾아왔고 밤도 이르게 찾아왔다. 주변에 친구가 없어 때때로 종일 한마디 하는 일 없이 지내기도 했다. 당시 J는 목수 일로 정신이 없어 새벽에 나가고 저녁 늦어 집에 오곤 했다. 고양이를 벗 삼아 하루를 보낸 뒤 퇴근하고 돌아오는 J에게 말을 걸었다.

"오늘 하루는 어땠어?"

"좋았어."

"뭐가 좋았어?"

"그냥."

"그냥, 뭐?"

"그냥, 다."

"어머니가 제주에 오셔서 같이 살고 싶다고 하시는데, 어떻게 생각해?"

"무시해."

"너는 나무가 왜 좋아."

"냄새가 좋아서."

"좀 더 설명해줄 순 없어?"

"만질 때 기분이 좋아."

"너는 전달하기 어려운 부분을 설명해야 할 때 어떻게 해?"

"나 너무 어려워. 말로 잘 표현 못 하는 거 알잖아."

처음에는 이런 식의 대화도 감지덕지였다. 어떤 말이든 나눌 사람이 필요했기 때문이다. 하지만 점점 성에 차지 않기 시작했다. 잠든 J를 두고 잠 못 이루는 시간이 늘었다.

나는 늘 눈에 보이지 않는 이야기, 세상에 가리운 진실들, 보이지 않는 그늘들에 시선을 주고 그것을 언어화하는 일에 관심이 많았다. 문득 내가 J와 그런 대화를 전혀 나누지 못하는 사이라는 것을 자각했다. 원거리 연애를 해온 우리가 오랜만에 만나 술 한 잔을 기울일 때는 각자의 일화를 나누는 것만으로 시간이 모자

랐었다. 무엇보다 J와 하지 못한 대화는 다른 친구들과 나누어도 충분했다. 하나의 주제로 폭넓고 깊은 대화를 나누던 나의 여자 친구들이 그리웠다. 그럴 때면 어쩔 수 없이 책으로 파고들었다. 하지만 그렇게 좋아해서 시간을 쪼개 읽고 쓰던 글도 제주에서 내가 느끼는 근본적 외로움을 달래주지는 못했다. 직장인도 아니면서 나는 '불금'을 기념하여 혼자 술을 마셨다. 어떨 때는 이런 여유에서 평화를 느꼈고 어떨 때는 그만 심장이 쾅 하고 내려앉았다. 친구들에게 전화를 걸었다. 누군가는 회식에 왔다고 했고 누군가는 야근을 하고 있었고 누군가는 이제 운동하러 간다고 했다. 지구가 나 빼고 돌아가는 것만 같았다. J는 제주의 건축 붐을 등에 업고 더욱 바빠졌다.

우리가 제주에서 함께 살기로 한 결정의 근본에는 떨어져 있는 채로 결혼 생활을 하는 데 한계가 왔다는 합의가 있다. 그리하여 거리를 좁히자 실제로 많은 것이 나아진 듯 보이기도 했다. 그런데 그 뒤에는 지금까지 미처 깨닫지 못했던 나의 진짜 마음을 마주하게 되었다. 먼저 친구들과 떨어져 살아가는 채로 나는 행복할 수 없다는 걸 깨달았다. 서로의 본질을 봐주는 사람들과 깊이 있는 대화를 나누지 못하니 관계에 있어 목마름이 커졌다. 또 사회에서 나를 증명할 수 있는 '일'이 없다는 데서 오는 허탈감도 컸다. 그렇다면 친구와 일 대신 내가 선택한 내 곁의 사람은.

　나는 J와 막상 제대로 된 대화를 나눌 수 없었다. 혼자 있는 시간이 늘면서 내 경력으로 할 수 있는 일을 이리저리 알아보았지만 제주에서 받아 할 만한 일은 많지 않았다. 내가 여기서 뭐 하고 있는 거지. 차가운 자각이 닿았다. 나는 대체 무엇을 지키려고 여기까지 왔을까. 내가 지키려고 한 것은 사랑일까? 오기, 자존심, 집착 같은 단어가 머릿속을 휘젓고 지나갔다. 내가 지키려하는 게 내가 원하는 것일까, 나는 앞으로 어떻게 될까.

　나는 J를 사랑하는가?

첫 번째
친구

나는 친구를 찾아 나섰다. 손을 뻗고 노력하면 분명 친구를 만들 수 있는 여지가 없지는 않았다. 하지만 이주 초창기에는 마음의 준비가 되어 있지 않았다. 비장하게 행복을 바라는 한편에는 불안 또한 도사리고 있어서 누구에게도 나를 들키고 싶지 않았다. 좀 더 안정감을 찾으면, 하고 기다리다가 속수무책으로 시간이 흘렀다. 외로움에 몸서리가 쳐질 때쯤 제주에서 살고 있는 또래 부부와 연락이 닿았다. 트럭을 타고 전국을 떠돌다가 제주도에 정착한, J와 연애할 때 이미 한 번 만난 적이 있는 사이였다.

그들 부부, 미진과 지석은 우리처럼 아이를 낳지

않기로 했고 제도권의 구속이 맞지 않아 서울 생활을 접고 전국을 여행했다. 책과 고양이와 술을 사랑하는 그들과 우리는 다시 만나자마자 예고라도 된 것처럼 친해졌다. 또래 부부를 만나기가 어려운 곳에서 비슷한 일을 하고 생각이 맞는 사람들끼리 모였다는 사실 하나만으로 나는 전율했다.

그들과 만나면서 나의 외로움은 어느 정도 상쇄되었고, 부부끼리의 만남이어서였는지 몰라도 J를 향한 내 마음을 고민하는 일은 저 깊은 곳에 넣어두었다. 우리는 먼저 제주에 정착한 그들 부부를 따라 제주의 숨은 절경으로 놀러 다녔다. 낮에는 수영을 하고 날을 맞춰 오일장에 다니고 밤에는 모닥불을 피워 술을 마셨다. 그들 부부는 존재만으로 아름다웠다. 나는 그들과 만나며 그간의 고민과 우울을 다 잊었다 해도 과언이 아닐 만큼 기쁨으로 가득해졌다.

그러다 함께 일을 하자는 이야기가 나왔다. 우리가 함께하면 뭐든 해낼 수 있을 것 같았다. 처음에는 술 마시며 장난처럼 주고받던 말들이 금세 구체성을 띠어가기 시작했다.

그날

이 시절 나는 줄넘기 4000개를 할 수 있었다. 제주의 청
명한 아침 공기를 들이마시며 하나, 둘, 셋, 넷, 다섯, 여
섯…… 오백. 다시 하나, 둘, 셋, 넷……. 능숙하게 오백
씩 끊어 여덟 번을 셌다. 일 단위로 오백 개를 목표로 뛰
고, 오백 개를 뛰고 나면 일곱 번 남았다, 다시 오백 개
를 뛰고 나면 여섯 번 남았다 하는 식으로 스스로 달래
다 보면 어느새 4000개를 훌쩍 넘는다. 숫자가 그만큼
커지면 만 개도 할 수 있을 것 같은 성취감에 휩싸인다.
눈을 감으면 지금도 나는 여전히 줄넘기를 하고 있다.
아침 여덟 시경이고 하늘은 높고 희부연 구름이 떠 있
다. 저 멀리서 파도 소리가 어슴푸레 들리는 듯도 하다.

내 옆으로 제주 돌담이 가지런히 쌓여 있고 옆집에 심긴 야자수 나무 마른 잎사귀가 바람에 스르륵 떨어진다.

그곳은 제주도. 나는 기암절벽이 아름다운 해변 마을의 100년 된 한옥 농가 주택에서 2년간 산 적이 있다.

2015년 10월 31일은 잊을 수 없는 날이다. 깊은 밤, 드르륵 열리는 유리 미닫이문 안으로 세 명이 잠들어 있다. 어제는 나와 J, 미진과 지석이 억대의 공사 일을 처음으로 따낸 날이었다. 관광객들은 가지만 현지인들은 잘 가지 않는, 그럴싸한 횟집에서 축하 파티를 열었다. 미리 숙취 해소 음료를 나눠 마시고, 시가 이십만 원짜리 자연산 황돔을 시키고 돌낙지도 시키고 매운탕도 시키고 그렇게 상다리가 부러져라 차려놓고 제주 현지인들만 마신다는 노지 한라산(냉장하지 않은 한라산 소주)을 나누어 마셨다. 앞으로의 결의와 설렘 속에 다들 각자의 주량을 넘어서게 마셨고 그러고도 좀처럼 취한 느낌이 들지 않았다.

우리는 앞으로 함께 일궈갈 회사의 브랜드 이름을 고심하고, 공사하게 될 집의 외관은 어떻게 하면 좋을지, 주방은 삼나무 원목으로 할지 히노키로 할지, 타일은 또 어떤 색으로 할지, 욕조는 국내 브랜드로 할지 외국 브랜드로 할지에 대해 쉼 없이 이야기를 나눴다. 첫 단추가 순조로워 희망을 품기에 충분했고, 드디어 나의 제주 생활이 제대로 시작되려 한다 착각하며 흡족함에 젖었다. 취한 줄 모르고 취한 채 우리는 2차를 위해 우리 집으로 향했다.

10월의 마지막 날이었던 그 밤, 밤바람은 차가웠다. 화목난로 안에서는 삼나무가 탁탁 타는 소리를 냈다. 사 온 맥주를 마시며 네 사람이 함께 기쁨을 이어나갔다. 나무가 타면서 내뿜는 열기가 취기를 올려주었고 나는 넷 중 가장 먼저 취해서 잠이 들었다. 그리고 다음 날 가장 먼저 일어나 줄넘기를 했다. 하나, 둘, 셋, 넷, 다섯, 여섯…… 오백. 다시 하나, 둘, 셋, 넷…… 쌩쌩하게도 사천 번의 뜀을 마치고 세 사람을 깨워 동네 식당으로 향했다. 보말미역국으로 해장을 마치고 나오면서 미진은 지금 입고 있는 패딩이 가진 옷 중에 가장 좋은 것이라 말하며 귀엽게 웃었던 것 같다. 그런 그에게 내가 캐러멜 하나를 건넸던가, 말았던가? 그것이 내가 미진을 본 마지막이다. 그리고 이 글을 쓰는 지금에 와서야 나는 미진이 더 이상 이 세상 사람이 아니라는 것을 알게 되었다. 그는 2년 전 세상을 떠났다고 했다. 그러

니까 함께 해장을 하고 그의 패딩 이야기를 한 그날이
정말, 이생에서 미진을 본 마지막이 된 것이다.

어긋남

우리의 억대 공사는 결국 어그러졌다. 정확하게 말하면, 나와 J가 빠지게 되었다. 지석이 그러기를 원했다고 했다. 영문을 몰랐던 나는 처음에는 그저 동업의 어려움에 대해서만 생각했다. 제주에 와서 꿈에 부푼 채로 같이 장사를 하고 사업을 하던 사람들이 멀어지는 광경을 수차례나 봐왔다. 친구는 물론이고 형제자매도 돈과 얽히면서 원수가 되었다. 큰돈이 오가는 건축 공사를 함께한다는 건 당연히 쉽지 않은 일일 것이다. 그렇다고 해서 쉽게 이해가 되는 것도 아니었다. 어떤 노력도 조율도 없이, 일주일도 안 되어서 파투를 내다니…….
무엇보다 막상 집을 세울 수 있는 사람이 J뿐인데 J를 빼

자고 했다는 게 이해되지 않았다. 비싸게 먹은 그날의
회가 아까울 지경이었다.

　　그리고 미진은 내 연락을 받지 않았다. 나는 그를
원망했다. 나에게 아무런 말도 없이 연락을 끊은 것에
화가 났다. 각자의 남편을 떠나, 부부 사이를 떠나, 나와
그가 맺은 우정도 깊다고 생각했다. 남편들끼리 뭐가
어긋났다 해서 그와 나까지 인연을 끊게 될 줄은 생각
지 못했다.

　　나만 몰랐던 것이다. 비싼 회를 먹고 술을 마시고
동료로서 서로를 축하하며 보낸 그 밤에 무슨 일이 있
었는지를 넷 중에서 오로지 나만 몰랐다. 모른 채로 시
간이 흘렀다. 그럴 수밖에 없었던 건 미진이 나만은 모
르게 하라고, 그것만을 원했기 때문이라고 했다. 미진
이 J에게 남긴 단 하나의 당부가 그것이었다고 했다.

다시,
그날

2015년 10월 31일 밤 우리 넷은 술을 마셨고 밤이 깊어 날짜가 11월로 넘어갈 때쯤 나는 혼자 먼저 방에 들어가 잠들었다. 그리고 여전히 화목난로가 타고 있는 우리 집에서 J는 술에 취해 잠든 미진과 지석 옆에서 미진을 추행했다.

    감히 짐작해본다. 미진은 무서웠을 것이다. 상처 입었을 것이다. 그리고 한순간에 많은 생각이 그를 스쳐 지나갔을 것이다. 우리가 함께 하기로 했던 농가 주택 리모델링 공사는 미진이 다니고 있던 직장의 지인을 통해 따냈다. 돈은 이미 받았고, 공사는 이미 시작되었으며, 그 공사를 이끌어갈 사람은 10년간 한옥 일을 해온 J였다. 앞으로의 일에 부푼 기대를 나누며 잔뜩 웃었던 게 불과 몇 시간 전이었다. 미진의 남편이 바로 옆에서 자고 있었다. 내가 건너편 방에서 자고 있었다. 그 가운데서 J의 행동은 미진이, 아니 그 누구도 꿈에서조차 생각지 못했을 것들이었다. "너를 사랑한다, 좋아해왔다"며 징그럽게 웃는 J를 보며 미진이 할 수 있는 일은 무엇이었을까. 무서웠을 것이다. 무력했을 것이다. 공사도 어그러뜨릴 수 없다고 판단했을 것이다. 미진은 제 몸과 마음의 상처를 덮어둔 채 이 일을 비밀로 하자고 제안했을 것이다. 비밀로만 부쳐준다면 아무도 모르는 일로 하겠다고 했을 것이다. 그 말을 하는 와중에도 잠든 내 숨소리에 귀 기울였을 것이며, 옆에서 잠든 제 남편의 인기척에 곤두세웠을 것이다. 그 지옥 속에서 짐승을 가까스로 떼어낸 후 미진은 단 한순간이라도 잠들 수 있었을까?

그 밤으로부터 일주일이 지난 후 미진과 지석은 장미만 모르게 한다면 이 일을 덮겠다고 결정한 뒤 J에게 공사에서 손을 떼라고 말했다. 그리고 갑자기 중단된 공사와 연락이 끊어진 미진에게 당혹한 내게 J는 모든 것을 털어놓았다. 그날부터 지옥이 시작되었다.

씻을 수 없는
것

이 일이 일어나지 않았더라도 결국엔 J와 이혼했으리라 생각한다. 결혼이 내게 부과한 불합리와 지난 모든 시간을 미루어, 내가 J와 살아갈 이유가 없음을 안다. 그러나 J와 삶을 단절하다시피 끝내버린 계기는 분명 이 사건이다. 이 일을 아는 누군가는 내 제주행을 두고 10년에 걸쳐 할 이혼을 2년 만에 끝내려 한 나의 선경지명이라 이야기한다. 어쨌거나 제주에서의 내 삶은 이 사건으로 인하여 허리 한중간에서 토막 난 생선처럼 급작스럽고 잔인하게 막을 내렸다.

후에 정신과 의사는 내게 끊임없이 들려주었다. 그건 당신 잘못이 아니에요, 당신이 지은 죄가 아니에요,

당신은 아무런 잘못이 없습니다, 당신이 그곳에 있었고 그 사람과 부부였다고 해서 그 일이 당신의 죄가 되지는 않습니다……. 그 말이 얼마나 듣고 싶었던가? 하지만 나는 눈물을 줄줄 흘리면서도 믿지 못했다. 누군가가 씻을 수 없는 죄를 지었다고 명명할 때 번지는 파장에 대하여 생각했다. 한차례 오물을 뒤집어쓴 뒤 아무리 씻어내려 해도 들러붙는 냄새처럼, 죄를 짓지 않았음에도 그 공간에 내가 있었고 당시 아무것도 하지 못했다는 사실만으로 나는 그 사건에서 조금도 자유로울 수 없었다.

어떤 일이 벌어지는지조차 모르고 누린 나의 잠은, 이른 아침 태연한 얼굴로 뛴 내 줄넘기는, 미진의 심장과 함께 뛰었을 내 4000번의 뜀박질은 과연 미진의 고통 앞에서 자유로울 수 있는 것일까?

내가 그날 일에 대해 바로 알 수 없었던 것은 그들 부부가 내가 모르기를 원했기 때문이다. 내 상처를 최소화하는 것이 J가 한 짓을 덮는 단 하나의 조건이었기 때문이다. 나는 진실을 알게 된 뒤 한동안 그 배려를 모욕으로 느꼈다. 모든 것을 밝히고 J의 죄를 함께 물어서 미진이 최후의 피해자가 되었어야, 그래서 마지막으로 보호받는 것이 그 애였어야 한다. 내가 미진의 보호를 받아서는 안 되었다. 사건의 가장 큰 피해자인 미진이 나를 배려했다는 걸 안 순간 나는 나를 견디는 일이 어려워졌다. 그 아침을, 그 가파른 숨을, 줄넘기를, 숫자 세기를, 그냥 존재 자체를, 그 모든 것을 견딜 수가 없었다.

나는 제주의 모든 것으로부터 도망쳐 나왔다. 내 삶에서 더러움을 씻어내듯이 제주와 관련한 모든 것을 떼어냈다. 이미 J는, 파밭을 뒹굴던 소년은, 지난 시간에 대한 추억은 나에게 없었다. 그 일을 안 순간 나에게 결혼은 없었다. 나는 거기서, 그와 쌓은 그 모든 것에서 빠져 나와야만 했다.

그러나 그럼에도 불구하고 나는 제주에서, 그날의 기억에서 오직 미진만은 떼어낼 수 없었다.

자기혐오

범죄 영화를 볼 때 인상이 험상궂은 사람을 범인으로 지목하는 사람은 하수다. 감독은 뻔한 덫을 놓지 않으며 아주 평범해 보이는 누군가의 일상 속에 실마리가 있다고, 그런 서사를 영화를 통해 익히 경험해왔다. 내 삶에 미처 적용하지 못했을 뿐이다. 내 옆의 가장 가까운 사람이 그런 일을 저지를 수 있다고 나는 끝의 끝까지, 꿈의 꿈에도 생각하지 못했다. 살면서 나는 적어도 내게 그 정도 식견과 분별은 있는 줄 알았다. 영화와 달리 내 옆의 사람에게는 무슨 표식이라도 붙어 있을 줄 알았는가.

가장 견딜 수 없었던 건 그날 일이 있고 난 후 일주

일가량 J가 그들 부부에게 아무렇지 않게 전화를 걸었다는 사실이다. 다음날 당장 무릎을 꿇었어도 그 죄가 사라지지는 않을진대 그렇게 태연하게 일주일을 보내던 그의 모습을 돌이키며 나는 짐승처럼 울부짖었다.

아무것도 할 수 없었다. 팔다리를 잘린 것 같았다. 나는 마지막 카드까지 다 써버린 사람이었다. 퇴장할 일만 남은 듯했다. 직장도, 집도, 돈도 없었다. 내가 일을 하고 돈을 벌며 지내던 서울에 돌아간들 내가 머물 공간은 단 1평도 없을 것 같았다. 사람이 망한다는 게 이런 거구나 생각했다. 홀로 서고 싶은데 그럴 수 없고 벗어나고픈 대상에게 기댈 수밖에 없을 때 사람은 스스로를 경멸하게 된다.

거울을 보지 못하고 사는 날들이 이어졌다. 같은 옷을 일주일째 입었다. 머리를 감지 않았다. 글자 한 자 눈에 들어오지 않았다. 나는 내 몸을 살피지 않았다. 울지 않았다. 웃지 않았다. 숨을 쉴 때마다 굴욕의 냄새가 났다. 그런 나날이 지속되었다.

내가 아는 나라면, 그런 짓을 저지른 사람과 단 1초도 더 머물 수 없어야 한다. 뒤도 돌아보지 않고 내 삶을 위해 저벅저벅 나아가야 한다. 그러나 나는 그러지 못

하고 있었다. 내가 선택한 이 길 위에서 주저앉은 느낌
이었다. 무엇보다 거울을 볼 수 없었다. 나는 나를 혐오
하고 있었다. 내가 만든, 그러나 내가 원하지 않은 좌표
위에 주저앉은 나 자신을 누구보다 많이 혐오했다.

　이 모든 이야기를 누구와도 나누지 못했다. 누군가
에게 말하고 도움을 구하는 것조차 너무나 무서웠다.
가족에게 당장 달려가고 싶었지만, 언니가 결혼을 앞두
고 있었다. 언니의 결혼식이 불행과 눈물로 범벅되는
것은 바라지 않았다. 순간 일어나 배낭을 하나 짊어지
고 나왔다. 전국을 떠돌았다. 그렇게 나는 제주를 떠나
왔다. 무척이나 춥고 여행자에게 혹독한 겨울이었다.

더 이상은
못 참겠어

서울 친구 집에 머물다가 좀 갑갑하다 싶으면 통영으로
갔다. 왜 통영이어야만 했는지 당시에는 알지 못했다.
나는 돌아갈 곳이 없었고 새로운 곳이 두려웠다. 그래
서 혼자 종종 여행을 떠나곤 했던 통영을 찾았던 듯하
다. 이름만 호텔이지 모텔이나 다를 바 없는 관광호텔
에 머물면서 밤늦도록 디스코 음악이 쿵쾅쿵쾅 울려 퍼
지는 소리를 들었다. 매번 잠을 깨우는 그 소음에 나는
오히려 안도했다. 성냥갑만 한 공간 속에 갇혀 있어도
혼자가 아니라는 걸 증명해주는 것 같았다. 세상이 두
려운 마음에 잠긴 문을 확인하고 또 확인하면서도「그
것이 알고싶다」다시보기를 재생했다. 성폭행, 성추행,

가해자, 피해자 같은 단어들에 심장이 여러 번 내려앉았다. 사건 속에 드러나지 않는 피해자의 가족, 가해자 지인들의 얼굴을 상상하며 홀로 울었다. 그렇게 뜬눈으로 밤을 지새우고 새벽이 되어서야 잠을 이뤘다. 낮에는 해안선을 따라서 무작정 걸었다. 당시 통영 바닷가는 어디나 공사로 여념이 없어 조금만 걸어도 황무지가 펼쳐졌다. 하지만 그 가운데서도 드문드문 프랜차이즈 커피숍은 있게 마련이어서 따뜻한 차 한잔에 차가운 손발을 녹였다.

걸려오는 엄마의 전화를 피하기 바빴다. 나도 모르게 눈물이 터져 나올 것 같았기 때문이다.

"여보세요. 응, 엄마! 나 그런데 지금 시장에 나왔어. 고사리랑 고등어만 좀 사고 곧 다시 전화할게."

그리고 다시 전화를 걸지 않았다. 그게 초반에는 어느 정도 먹혔다. 하지만 이내 엄마는 이상 기운을 감지했던 것 같다. 엄마는 무척이나 조마조마했을 테지만, 본인 역시 시치미를 떼며 아무렇지 않게 나에게 전화를 걸었다. 그럴수록 전화를 피했다. 그러기를 한 달여, 나는 결국 언니 결혼식을 딱 일주일 앞두고서 슬픔을 참지 못하고 터져버리고 말았다.

"엄마……."

"응, 장미야. 응, 응, 말해도 돼."

엄마의 음성은 낮게 떨리고 있었다. 마치 모든 것을 알기라도 한다는 듯한 목소리였다. 나는 끝내 엄마에게 모두 털어놓았다. 그리고 그날로 부산으로 갔다. 그렇게 방문한 부산 집은 얼마나 보일러가 뜨끈뜨끈하던지, 오랜만에 먹은 엄마 김치와 밥이 얼마나 맛있던지, 그 밥을 고봉으로 얼마나 얼마나 먹어댔던지. 그렇게 단숨에 나를 녹여줄 곳이 있었는데 힘들다는 그 말 한마디가 나는 왜 그렇게나 어려웠던지.

이혼한
여자

10개월 후 가까스로 출판사 재취업에 성공했다. 그렇게 나는 사건이 있고 열 달 만에 제주에서 껍데기까지 모두 빠져나올 수 있었다.

　다시 직장 생활을 시작했을 때 나는 이혼 사실을 숨겼다. 실제로 서류 도장 찍는 시기를 미루는 중이기도 했다. 그러겠다고 결정만 한다면 이혼 자체는 별일 아니라고 생각했는데, 막상 겪어보니 그걸 누군가에게 말하는 게 쉽지 않았다. 경력 단절인 상태에서 다시 일을 시작한 참이니 이혼 같은 '마이너스 요소'를 하나라도 감춰야 한다고도 생각했다. '요즘 세상에 이혼이 뭐 대수야?'라고 말해왔으면서 당사자가 되니 그렇게 조심스러워질 수가 없었다. 바로 내가 드라마에서만 보던 '그 이혼녀'가 되어버렸다는 사실이 무겁기만 했다.

한심하고 잘못된 생각이라 머리로는 알았지만 떨치기 어려웠다. 사실 아버지의 말이 머리를 떠나지 않고 있었다. 아버지는 내가 겪은 일련의 일들을 모르지 않으면서도 '그 사건'에 대해서 "부부가 함께 잘못한 일"이라고 명명했다. 둘이 결혼해서 '함께'가 되면 둘의 일에서 어느 한쪽의 잘못만 있을 수는 없다는 논리였다.

"장미야, 네가 생각하기에도 너는 기 세고 고집이 센 사람 아니냐. 그런 여자를 좋아하는 남자는 세상에 없고 감당할 수 있는 사람도 몇 없다. 너도 그것만은 인정해야지."

그 말에 나는 주저앉아 울어버렸다. 내 아버지에 대해 가지고 있던 신화가 산산이 조각났다. 내 고집이 세서 지금 상황을 만들었단 말인가. 나를 나로 키우고 응원해준 내 아빠가 지금 대체 무슨 말을 하는가. 나는 지금껏 아빠가 어떤 말을 해도 그 안에 깊은 뜻이 있으리라 짐작하며 새겨들어왔지만 이번만은 결코 그럴 수 없었다. 지금까지 '갱상도' 남자인 그의 부족한 표현 속에 깃든 사랑을 짐작하며 살아온 것은 그가 특별하고 멋진 아버지라는 나의 자부심 때문이었다. 아버지는 수많은 고지식한 어른 사이에서 내가 '여자니까' 해야 할 일과 하지 않아야 할 일을 나누지 않았다. 나는 어려서부터 제사를 지낼 때 절을 했고 술도 따랐다. 엄마가 아침잠이 많으니 스스로 아침을 차려 드시고 출근하는 분이었다. 내가 술을 많이 마시고 늦게 들어오면 이튿날 아침에 '모닝주'를 따라주는 분이었다. 고등학교 때 이미 아버지와 술을 마셨다. 내가 독립적으로 살겠다 결심한 데 틀림없이 팔 할의 기여를 한 아버지였다.

그런 아버지가 피할 수 없는 이혼을 앞둔 내게 한 말은 나를 지독히 두렵게 했다. 나의 그 아버지가 내게 저렇게 말하는데 세상에 내가 이혼을 했다고 하면 사람들은 나를 어찌 볼 것인가. 내가 범죄자가 된 것 같았다. 세상 바깥에 내 편에서 나를 보아줄 사람은 없을 것 같은 고립감에 휩싸였다.

사람들에게 숨기는 일은 어렵지 않았다. 남편은 제주에서 일을 하고 있고 주말부부로 지낸다고 말해두면 그만이었다. 유일하게 한 사람에게만은 비밀을 털어놓을 수 있었다. 처음 배낭을 메고 제주를 떠나왔을 때 미경의 소개로 처음 만났던, 세계문학을 편집하던 혜인이다. 그와 직장 동료로 다시 만난 것은 다시 생각해도 더 없는 우연이며 행운이었다. 서로 행복한 결혼 생활을 연기했던 그날로부터 열 달 뒤, 둘 다 이혼한 채로 말이다.

결과적으로 '이혼 사실 커밍아웃'에 있어 쇄국 정책으로 일관하던 나를 바꾼 것도 혜인이다. 혜인은 용감했다. 그는 이혼 과정에서부터 그 사실을 사람들에게 굳이 숨기려 하지 않았다. 나는 차마 실행으로 옮기지 못하면서도 그게 참 멋있어 보였고 그에게만은 나에 대해 털어놓을 수 있었다.

"그렇게 결혼 좋다고 떠들어대던 우리가 10개월 만에 솔로로 만날 줄 누가 알았겠어."

우리는 그렇게 말하며 웃었다. 혼자가 아니라는 것만으로도 내게는 큰 힘이 되었다. 열 달 전에는 결혼한 시기가 비슷하다며 술잔을 부딪더니 이제 이혼을 함께 겪는 사람으로서 잔을 나눈다. 무엇보다 가장 큰 변화는 그도 나도 더 이상 행복을 가장하지 않는다는 것이었다. 부족하면 부족한 대로, 불행하면 불행한 대로, 자신 그대로의 진솔한 모습을 비로소 서로에게 드러내고 있었다. 거짓을 벗어난 그와 나는 각자 인생의 새로운 출발선상에서 서로 응원을 불어넣어주고 있었다.

만나지 않는
친구에 대하여

시어머니는 좋은 분이었다. 이혼 이야기에 약방의 감초처럼 등장하는 결정적인 고부간의 갈등이 내게는 없었다. 물론 내가 며느리가 되자마자 그는 시어머니가 되었고 그 역할에서 오는 '며느라기'적 에피소드들을 나역시 일부 피해 갈 수 없었지만 지금 생각해도 그는 좋은 사람이다. 결혼 후 맞은 그의 첫 생신에 내가 제때 일어나지 못하여 본인 생일상을 직접 차리시고도 나를 달리 책하지 않았고 시가를 방문할 때면 침대방을 꼭 내게 주었다. 내게 그것이 부담스러웠거나 어쨌거나 무척이나 감사한 일이다.

그런 그로부터 이혼 후 연락이 왔다. 나를 만나고

싶다는 말에 그럼 서울로 오시라고 다소 차갑게 말했다. 혹여라도 또다시 상처받을까, 자기방어의 날을 세웠다. 그는 짐을 바리바리 싸 들고 나를 보러 왔다.

"너를 사람으로 좋아했다. 그런데 네가 내 며느리가 되니까 사람으로 바라보는 거, 그게 잘 안 되더라. 내가 어른으로서 못났었다. 용서해다오."

그리고 덧붙였다.

"무엇보다, 가장 빛나고 예쁠 때부터 연애하고 결혼했던 시간들을 이렇게 수포로 만들어서 미안하다. 너무 안타깝고 미안하다."

그가 가득 챙겨 온 건 나를 위해 산 겨울 옷가지들이었다. 그가 그날 내게 전해준 코트가 내가 가진 가장 따뜻하고 값진 옷이다. 지금도 그를 생각하면 마음 한구석이 아리다. 동시에 서로 이만큼 이해하고 위로할 수 있는 인간 대 인간 사이의 관계를 단숨에 역할극 속 갈등으로 몰아넣었던 이전의 시간에 대해 선명히 되새긴다.

그가 건강하고 행복하기를, 혹여라도 상처받지 않기를 진심으로 바란다.

월세의
기꺼움

내 이십 대 마지막 언저리의 꿈은 전셋집에 사는 것이
었다. 반지하로 첫 서울살이를 시작하면서는 지상을 꿈
꿨고, 2층 월세에 살게 되고부터는 전세를 꿈꿨다. 결혼
을 하고 반전세 신혼집을 꾸미면서 전세 살 날이 멀지
않았다는 희망에 부풀었다. 조금씩 조금씩 나아지는 삶
을 살고 있다는 기쁨을 착실히 쌓아갔었다.

　　그리고 일련의 일을 거쳐 삼십 대 중반의 나는 다
시 월셋집에 돌아와 있다. 월세 50만 원을 내고 살게 된
오래된 아파트는 고즈넉했다. 방바닥이 따뜻하고 볕이
좋은 그 방에서 이불을 펴고 잤다. 서울에 머리 하나 누
일 공간만 있으면 충분했다. 수많은 책을 끌어 모으며

언젠가 서재를 만들겠다던 꿈은 이미 버린 터였다. 활자들은 막상 가장 힘들 때 내게 힘이 되지 못했다. 그동안 모아온 많은 책을 제주에 두고 왔다.

따뜻한 방바닥, 볕, 내 곁을 지키는 고양이 그리고 직장과 친구들이 있다는 사실만으로 나는 삶으로 돌아왔다. 내가 스스로 설 수 있다는 사실, 나 스스로 그곳에서 벗어났다는 것만으로도 숨이 쉬어졌다.

그럼에도 월세 서울살이는 녹록지 않아서 가끔은 돈에 대한 갈증이 불뚝 일기도 했다. 예를 들면 이혼 과정에서 J에게 이런 말을 들었을 때다. "너한테 미안할 정도로 돈이 최근 잘 벌려. 이걸 네가 누렸어야 하는데." 기분이 참 묘했다. 손을 벌리고 싶지 않지만 문득 좀 나눠 받아도 되는 거 아닌가 하는 생각도 했다. 하지만 이내 정신을 차렸다. 혼자인 집의 방바닥 뜨끈뜨끈한 삶이 정말로 행복했기 때문이다. 제주의 집은 보일러가 없었다.

내 손으로 돈을 벌어 그 돈으로 운동을 갔다. 제주도에 살 때 'J가 힘들게 번 돈으로 하는 운동인데' 생각하며 가기 싫은 날에도 꾸역꾸역 움직이던 심경을 떠올렸다. 친구들을 불러 실컷 술을 마셨다. 다시 자유를 얻게 되자 J와의 생활에서 내가 얼마나 부자유했는지 절감되었다. 때때로 50만 원의 월세를 내는 일조차 내 삶을 되찾은 증거 같아 기쁘기도 했다. 행복은 내가 나답게 살 수 있게 되자 애쓰지 않고도, 완벽하지 않음에도 이룩된다.

그의
이혼식

이혼을 겪으면서 가장 예상치 못한 건 법원이었다. 법원에 가는 것만으로 사람은 한없이 위축된다. 대기실에서 기다리다 보면 서로 등을 돌리고 있는 사람들, 진지하게 대화를 나누는 사람들, 크게 웃는 사람들까지 각양각색이지만 그 가운데 흐르는 긴장의 기운이 있다. 여기 온 나는 뭔가 잘못을 저지른 사람이라는 죄의식이 쉽사리 떨쳐지지 않는다.

혜인은 이혼을 위해 변호사를 선임하고 재판을 치러야 했다. 그리고 그날은 혜인이 '최종 이혼'을 한 날이었다. 혜인이 반차를 내고 법원에 간 것을 알고 걱정에 몸이 닳던 나는 퇴근하자마자 그를 불러냈다. 혜인은 예상대로 몹시도 작아진 모습으로 나타났고 우리는 눈이 마주치자마자 함께 울었다. 그의 '결혼 탈출'은 나와는 다른 방식으로 지난하고 치사하고 고통스러웠으며 나는 그 고충을, 서러움을 모르지 않았다.

　그리고 함께 기억을 잊을 만큼 술을 마셨다. 그토록 가까웠던 사람과 변호사를 사이에 두고 서로 상대에게 책임이 있음을 증명하며 치열하게 공방을 벌이는, 그것을 법원에서 죄인 된 듯 낱낱이 소명하는 과정이 바로 이혼이다. 혜인에게는 해독이 절실했다. 그게 술이든 그 무엇이든 할 수만 있다면 해주고 싶었다. 결혼을 마음먹으면 온 사회의 지지 속에 단숨에 이루어지는 반면 이혼을 결심한 이에게 사회는 아무것도 준비해두지 않았다. 외로움과 자책을 견디며 한 사람 한 사람이 결혼 상태에서 빠져나온다. 그것을 나 역시 겪었던 터였다. 혜인의 이혼이 마침내 '완료'된 것을 한편 축하하면서도 앞으로가 두려울 그의 마음을 알았다. 같이 힘내보자고 말하고 싶었다. 그러나 너무 진부한 대사 같아서 혜인을 웃겨주는 데 열중했다. 혜인은 울다 그치다 다시 울기를 반복하면서도 끝내 내게 미소를 보여주었다.

"야 진짜 우리 잘 털어냈다. 잘하고 있다. 기특하다. 너 정말 대단하다. 멋있다. 우리 최고다. 우리 만만세다."

그를, 우리를 한껏 칭찬했다. 정말 그럴 만한 일이었다. 그와 나는 많이 울면서도 용감하게 나은 삶을 향하고 있었다. 그러다 다시 우리의 첫 만남을 회상했다.

"우리 왜 그렇게 감추려고 했지?"

세상 모든 이가 기꺼이 축하를 건네는 결혼과 달리 이혼은 떳떳한 일이 아닌 듯, 어떤 불행인 듯, 심지어 때로는 죄인 듯 여겨진다. 하지만 나는 이혼의 순간이야말로 축하할 일임을 경험했다. 나도 혜인도, 이혼으로 행복을 찾게 되었다. 그날 우리는 누구보다도 서로의 이혼을 마음을 다해 축하해주었다.

약자에
약자에
약자가 되어도

나의 이혼도 수월치 않았다. 젊은 사람은 디스크 수술 하는 거 아니라는 말만 믿고 버티다가 방광과 항문에 마비가 왔고 그 자리에서 바로 응급수술을 받았다. 그러나 수술이 제대로 이루어지지 않아 일주일 만에 2차 수술을 받았으며 한동안 소변 줄을 차고 지내야 했다. 마비된 방광과 항문이 되돌아오지 않을 경우 평생 기저귀를 차고 살아야 할지도 모른다고 했다. 이름하여 마미증후군.

이혼을 하기까지 두 번 법원에 방문해야 한다. 나는 마지막 법원 방문만을 남겨놓은 상태에서 수술을 했다. 몸이 그리된 통에 제주까지 쉽게 갈 수가 없었다. 겨우 갈 만한 여건이 되었을 때는 갑자기 제주 기상 악화로 항공편 결항이 되기도 했다. 이혼을 완성하기까지 지난한 나날이 이어졌다.

　시간이 흐르면서 다행히 대소변 문제는 해결되었지만 둔부 쪽과 발바닥, 종아리 일부 감각이 되돌아오지 않아 다리를 약간 저는 후유증이 남았다. 서른여섯의 나이에 장애가 생긴 것이다. 그러나 지난 시간이 마음의 맷집을 키운 것일까, 나는 그 사실을 이상하리만치 덤덤히 받아들였다. 소아마비를 갖고 평생 당당하게 살아온 어머니 덕분인지도 모르겠다. 인생에서 언제 아플까를 택하라면 정신적으로 성숙한 때에 아픈 게 나을 테지, 정도의 생각뿐이었다.

　내게 닥친 일을 좀더 제대로 직시한 건 그 뒤였다. 막상 세상에 나가보니 많은 것이 달랐다. 내 안에 남아 있던 자신감이 휘발되는 느낌이었다. 100미터를 14초에 뛰고 하프 마라톤에 나가던 장미는 이제 없었다. 어두운 밤거리를 혼자 걷다가 어느 미친 변태가 나타난다면 '그놈보다 내가 더 빠를 테니 정강이를 후려 차고 도망가야지' 하던 자신만만한 장미는 없었다. 그는 수술과 함께 사라져버렸다. '하프 뛰는 여자'라는 문구가 적힌 티셔츠를 잠옷으로 입고 잠을 잤다.

사회적 약자가 되었다는 자각이 나를 움츠러들게
했다. 장애인이 되었구나. 여성에, 이혼녀에, 장애인.
약자에 약자에 약자가 되어가는 것 같았다. 이제 겨우
서울에서 자리를 잡기 시작했는데……. 깊은 좌절에 빠
졌다. 그러나 전과 다른 것이 있었다. 이번에는 내 곁에
내 편인 사람들이 있었다. 나는 나를 감추고 거짓을 꾸
며내고 이상한 호기를 부리는 대신 그들에게 기꺼이 위
로받고 힘을 얻었다. 내 사람들의 목소리가 내 용기가
되었다.

인생
닭다리론

하지만 무엇을 할 수 있겠는가? 계속 나아갈 뿐이다. 사람들은 계속 나아간다. 수천 년 동안 그래왔다. 누군가 친절을 보이면 그것을 받아들여 최대한 깊숙이 스며들게 하고, 그러고도 남은 어둠의 골짜기는 혼자 간직하고 나아가며, 시간이 흐르면 그것도 언젠가 견딜 만해진다는 것을 안다.*

이제 내게 호기롭게 프러포즈를 하던 때 같은 패기는 없다.(그런 패기라면 없어도 된다.) 아파트 따위 필요치 않다던 배짱도 없다.(가능성 희박하나마 청약 열심히 붓고 있다.) 가족에게 걱정 끼치지 않겠다며 혼자 떠돌 체력도 없다.(태어난 조카 핑계로 기회만 되면 본가에 가려 안달이다.) 바람 핀 애인을 받아줄 아량은 더더군다나 없다.(★★★★★가장 중요!)

글쎄, 나는 좀 더 단순한 사람이 되었다. 더 이상 이상이 나를 이끌지 않는다. 나에게 중요한 건 현실, 그리고 무엇보다 나 자신이다. 한번 막다른 길을 헤매고 나니 현실 속에서 나를 지키는 일이 무엇인지, 그 일을 어떻게 해야 하는지 알게 되었다.

어렸을 때부터 '퍽퍽살'을 좋아했던 나는 커서 남들과 치킨을 먹을 때면 일부러 닭다리를 집어 들었다. 내가 싫어하니까 남도 싫어할 거라 대단히 크게 착각하고는 대단한 아량이라도 베푸는 심정으로 다리를 먹었다. 어쩌다 닭다리부터 집어 드는 사람을 보면 참 배려 깊은 사람이라고 생각했다. 시간이 지나 자연스럽게 세상 사람 팔 할이 닭다리를 가장 좋아한다는 것을 알게 됐을 때의 충격이란. 당시까지만 해도 착한 사람 콤플렉스에 휩싸여 있던 나는 지나간 나의 닭다리 독점 행태를 되새기며 머릿속이 엉망진창이었다. 어쨌든 진실을 알게 된 뒤 나는 자연스레 퍽퍽살을 담당했고 치킨의 세계에서 무척이나 환영받는 사람이 되었다. 내가 오롯이 나로서 선택하고 그런 채로 타인과 조화를 이루는 새로운 세상이 열린 것이다.

이를 '인생 닭다리론'으로 명명한 지금의 나는 타인을 위한다며 넘겨짚어 무언가를 참지 않는다. 그게 꼭 타인을 위한 선택도 아닌 것을 알았기 때문이다. 싫으면 싫다고 하고 좋으면 좋다고 한다. 혼자 철학 책 뒤적이며 끙끙 앓지 않고 두려움을 후려쳐 용기를 가장하지 않는다.

내겐 몹시도 막막하고 어려웠던 시간을 빠져나온 뒤 스스로 성장했다고 느끼지만 여전히 어떤 상처는 저 깊은 곳에 뭉개져 머물러 있는 바람에 상담이나 약의 도움을 받기도 한다. 때로 고양이 장화를 안고 엉엉 울고 만다. 수술 이후 재빨리 달리지 못해 코앞에서 버스를 놓칠 때면 속상함에 마음이 무너지기도 한다.

그럼에도 분명한 것은 예전보다 자주 큰 소리로 웃는다. '무조건 네 편'이라고 말해주는 사람들이 곁에 있다. 팟캐스트를 들으면서 얼굴도 모르는 사람들과 연대를 느끼고 또 다른 얼굴 모르는 이들을 위해 내가 번 돈으로 소액이나마 후원하는 기쁨을 누린다. 그토록 달라붙어 지키고자 했던 것을 꿈처럼 떠나보낸 뒤 비로소 나는 주변과 연결될 수 있었다. 그때의 막막한 고독이 사라진 지금 나는 내 곁의 사람 그리고 알지 못하는 사람들과도 공감하고 함께 살아갈 수 있게 되었다. 그 보이지 않는 연대감이 나를 가장 나답게 한다.

보이면 보이는 대로, 보이지 않으면 보이지 않는 대로, 나와 연결된 수많은 사람이 내게 응원을 전하고 있다는 믿음이 나를 살게 한다. 그 사람들이 이 책을 읽어준다면 좋겠다.

* 엘리자베스 스트라우트, 『에이미와 이저벨』, 정연희 옮김, 문학동네, 2016.

결혼
탈출

요즘도 가끔 꾸는 꿈이 있다. 사막을 가로지르는 열차를 타고 몇 날 며칠이고 멀고 먼 목적지를 향해 가는 도중에 기차를 놓치는 꿈이다. 잠깐 딴청을 부리는 사이 기차는 나를 두고 영영 가버리고 나는 이곳이 어디인지도 모른 채 여기서 살아가야 한다는 것을 깨달아 막막해진다. 소설 『곰스크로 가는 기차』의 이야기와 크게 다르지 않다. 꿈을 위해 곰스크로 가려고 기차를 기다리지만 결혼 생활에 안주한 채 영영 그곳을 벗어나지 못한다. 나에게 결혼이 그런 것이었다. 내 의지로 그 역에 내렸지만 내 의지로 벗어나려 했을 때는 방법이 보이지 않았다. 기차를 놓쳐버린 것과 같은 황망함이었다.

결혼 전에는 언제든 시간 맞춰 내가 탈 수 있는 기차가 오리라 생각했다. 가는 것과 오는 것, 결혼을 하는 것과 끝내는 것은 문을 여닫는 것과 같은 한 쌍이라고 생각했다. 하지만 그렇지 않았다. 여는 문은 있는데 닫는 문은 없는, 오는 열차는 있는데 가는 열차는 없는 것과 같았다. 이혼은 어려웠다. 탈출 이후 내가 결혼이라는 제도에 돌이켜 분노하는 것은 탈출구 없는 통로에 사람을 가둬두고 그 안에서 적응하고 순응하는 것만이 어른스러운 일, 옳은 일, 환영받는 일인 양 짜여 있다는 점이다. 그것을 못 견디는 사람을 이기적이고, 덜 성숙하고, 욕심이 많다고 부른다는 점이다.

결혼 속으로 걸어 들어가고 뛰쳐나오면서 이런 차이를 겪는 동안 그 괴리에 수많은 의문을 지울 수 없었다. 마치 결혼이 완벽한 우주이고 나머지는 불순물이라도 되는 것처럼 세상이 정해진 것 같았다. 때문에 완벽한 우주 속에서 불행에 빠진 사람은 끊임없이 스스로를 죄인 삼으며 내가 잘못된 걸까, 나만 유난한가 자기 검열을 거치는 것이다. 그러다 보면 '적어도 둘이 있고 이만하면 삶이 안정적인 것 아닌가' 하고, 다른 모든 것은 포기한 채 스스로를 설득해 납득하는 단계까지 간다.

실로 무수히 일어나는 일이다.

　입구는 크고 화려하지만 출구는 감춰져 있다는 것, 출구를 기어이 찾아서 나오면 빛이 있는 게 아니라 주홍글씨와 같은 낙인이 기다리고 있다는 것, 이것이 내가 느낀 결혼의 거대한 불합리다. 나의 결혼에서 빠져나온 뒤 나는 여러 번의 결혼식을 갔었다. 그중 둘이 내게 축사를 부탁했다. 처음 술자리에서 부탁을 받았을 때는 그가 누구보다 행복하길 바라는 마음을 담을 수 있다고 생각해 호기롭게 승낙했지만, 다음날 술에서 깨자마자 취소했다. 일단 내 이혼 소식을 알고 있는 그의 모부부터가 반기지 않으실 것이었다. 친구를 난감한 상황으로 몰아넣고 싶지 않았다. 다른 친구에게 두 번째로 축사를 부탁받았을 때는 역시 술을 먹고 있었으나 곧바로 거절했다. 하지만 친구는 완강했다. "네가 이혼한 게 축사를 못 할 사유는 안 돼. 다른 이유를 대." 놀랍게도, 다른 이유는 찾지 못했다. 나는 결국 친구의 결혼식에 마이크를 잡고 섰다.

　친구가 나를 그 자리에 부른 건 자신의 행복만큼이나 나의 새로운 삶에 행복을 바라기 때문이라고 생각한다. 그의 마음이 내 삶에 대한 응원이자 우리가 살아가는 세상을 향한 응원임을, 그것이 다시금 친구의 삶에 응원이 됨을 의심하지 않는다. 그런 말로 친구의 결혼을 축복하면서 내가 진심으로 그렇게 믿고 있음을 알았다. 비로소 나는 나의 이혼을 출구 없는 곳으로부터의 절망적인 탈출이 아니라 내 의지로 인한 탈주, 나은 선택으로 스스로 받아들이고 있었다.

내 삶의
목격묘

코숏 치즈인 장화는 아홉 살이다. 장화를 입양하러 유기동물 보호 센터로 갔을 때가 떠오른다. 현관 입구 케이지에 웅크리고 있던 새초롬하고 예쁜 고양이. 장화를 입양하러 센터를 방문했을 때는 당시 애인이던 J와 함께였다. 굳이 그를 데리고 간 첫째 이유는 J와 결혼 이야기가 오가던 때라 셋이 가족이 될 수 있기 때문이었고 두 번째 이유는 결혼 등의 이유로 절대 파양하지 않겠다는 의지를 드러내기 위해서였다.

나는 장화를 쓰다듬으며 맹세했다. 나는 절대 너를 이곳으로 돌려보내지 않을 거야. 내가 네 가족이 될 거야. 실제로 후에 결혼식 청첩장을 만들 때도 작은 한옥

집에 나와 장화와 J를 함께 그려 넣었다. 그리고 장화는 나의 연애, 결혼, 제주 이주, 이혼, 서울살이를 함께했다. 앞선 모든 이야기의 산증인인 셈이다. 장화가 이 조그만 몸으로 그 기억을 함께 겪어주었다.

내가 가족이 되겠다 맹세했던 장화에게 사과할 일이 있다. 제주에서 그 사건을 겪고 배낭을 메고 뛰쳐나와 떠도는 동안 그는 제주에 남겨졌다. 한동안을 떠돌다 어느 날 장화가 너무 그리워서 J가 없는 시간에 맞춰 제주 집으로 향했다. 장화는 귀를 쫑긋 세우고 모든 관심을 내게 기울인 채로도 도통 얼굴을 보여주려 하지 않았다. 사흘을 엉엉 울기만 하다가 사라져버렸으니 얼마나 서운하고 두려웠을까? 버려졌다고 느꼈을까? 우리에겐 떨어진 시공간을 채우고 오해를 풀면서 그리운 마음을 확인하는 시간이 필요했지만, 예상치 않게 빨리 퇴근한 J 때문에 나는 장화에게 작별 인사도 하지 못한 채 허겁지겁 다시 떠나왔다. 당시에는 아직 J의 얼굴을 마주할 용기가 없었다. 다시 혼자 남겨진 장화는 그 집을 지키면서 어떤 생각을 했을까.

이후 장화는 한동안 분리 불안에 시달렸다. 서울에 함께 살게 된 뒤로도 그 불안을 잊기까지 꽤 오랜 시간이 걸렸다. 장화는 내가 조금 큰 소리를 내기라도 하면 화들짝 놀라 내게 다가와 팔뚝을 꾹 깨물곤 했다. 그 나름의 위로 표현일까 싶다가도 우리가 떨어졌던 동안 그 작은 몸에 새겨진 상처일까 상상하면 마음이 쓰리다.

그리고 허리 수술을 하게 되면서 2주 동안 또다시 장화와 떨어져 지내야 했다. 엄마와 친구들이 번갈아가며 장화를 돌봐주었지만, 집으로 돌아왔을 때 서운함과 안도감에 코가 빨개진 채로 내 곁을 떠나지 않던 장화를 나는 잊지 못한다. 장화를 만난 친구들은 말하곤 한다. 장화는 너를 보호자로 인식하는 게 아니라 자신이 너의 보호자라 여기는 것 같아, 라고. 그 말처럼 장화는 내가 혹시라도 아플세라 늘 나를 염려하는 의젓한 고양이다. 이 세상에, 혼자 된 서울 하늘 아래 의지할 수 있는 생명 하나가 있다는 건, 그것이 다름 아닌 장화라는 건 정말 든든한 일이다.

고마워

마음이 아플 땐 사소한 일이 가장 어렵다. 그게 머리 감기일 수도 있고, 거울 보기일 수도, 빨래나 산책일 수도 있다. 제주도에서 배낭을 짊어지고 서울로 떠나왔을 때 가장 어려운 건 카페에 가는 일이었다. 이상하게 자신이 없고 위축되어 커피 한 잔 주문하는 일을 하지 못했다.

　　머릿속으로 종종 상상하곤 했다. 문득 어느 카페에서 미진이를 만나면 어쩌지? 미진의 옆엔 지석도 있을 테니 그들 부부에게 건넬 인사를 미리 준비해야겠다. 위축된 모습을 보이기 싫었는지 아니면 그저 뜻밖에 마주친 찰나와 같은 순간을 당황해서 우물쭈물하다 놓치고 싶지 않았는지, 나는 늘 그들을 향해 인사를 건네는 상황과 내 모습을 구체적으로 그려보곤 했다.

　그러니까 한동안 내 상상 속에서 그들을 만나는 장소가 늘 카페였다. 직장을 얻고 나서는 온라인 서점 검색창에 틈만 나면 미진의 이름을 쳐보곤 했다. 세상에 누군가가 책을 낸다면, 내야 한다면, 미진이어야만 하지 않을까 생각했다. 이 책을 쓰면서도 미진 생각을 가장 많이 했다. 나의 이야기가 혹여나 미진에게 다시 괴로움을 얹으면 어쩌나 염려했기 때문이다. 그렇게 연락을 해볼까 수없이 생각하며 갈팡질팡하던 와중에 우연히 미진의 죽음을 듣게 되었다.

　시간이 더 지나, 카페에서도 아니고 온라인 서점 검색을 통해서도 아니고, 종로의 한 이자카야에서 지석을 만났다. 먼저 도착한 나는 테라스로 나 있는 테이블에 자리를 잡았다. 지석이 오는 모습이 눈에 훤히 보였다. 거듭 심호흡했다. 괜히 거울을 꺼내 얼굴을 한번 들여다보았다. 나는 그때 그대로의 모습일까? 바뀌었다면 어떻게 얼마나 바뀌었을까? 웃음을 지어야 할까? 눈물을 보여야 할까? 두 가지를 동시에 할 수도 있을 것만 같았다.

　그토록 여러 번 상상했던 만남이었다. 그리고 상

상이 아닌 현실이다. 지석에게 먼저 연락을 한 건 나였다. 우리가 가깝게 지내던 시절의 나였다면 그런 용기는 내지 못했을 것이다. 지석의 버스 시간에 맞춰 우리에게 주어진 건 2시간이었다. 그와 나는 술 없이는 나눌수 없는 이야기들을 나눴다. 지석은 그때 그렇게 연락을 끊어서 미안하다고 했다. 나는 나를 위한 배려였음을 모르지 않았다고 했다. 나는 속으로 수없이 연습했던 고맙다는 말을 전했다. 술이 절반쯤 들어갔을 때 겨우 미진의 죽음에 대해 꺼낼 수 있었다. 미진의 얘기를 시작하기 전에 지석이 물었다.

"장미야, 너 잘 우는 사람이야?"

나는 곧장 되물었다.

"내가 울기를 원해? 울지 않기를 원해?"

"당연히 안 울기를 바라지."

"그럼 난 울지 않을게."

그렇게 나는 울지 않았다. 그 역시 울지 않았다.

헤어질 때 우리는 길게 포옹했다. '어떻게든 버텨줘서 고마워.' 서로 말을 하지 않았지만 그 포옹 안에 안도와 감사가 스며 있었다. 내가 하고 싶은 말은 단 하나였다. 고통스러운 시간을 지나온 그를 응원하고 응원받고 싶었다. 오로지 그러기 위해 나는 지석을 만나야 했던 것이다.

탈혼했습니다

"결혼하셨나요?"

보통 이 말을 던지는 사람은 "결혼을 이미 하셨나요(기혼), 아직 안 하셨나요(미혼)?"를 묻고 있다. 결혼을 모든 인생의 당연한 선택지로 상정한다. 세상에는 비혼도 있고, 동거도 있고, 폴리아모리적 다인 가족도 있다. 또 동성끼리 살고 결혼도 원하지만 법적으로 승인을 받지 못한 경우도 있고, 결혼한 적 있지만 혼인 상태가 아닌 사람도 있고 재혼도 삼혼도 있다. 무엇보다 누구도 이 사실에 대해 굳이 밝힐 의무를 갖지 않는다.

결혼을 관례라 여기는 사회에서 이 질문은 쉽게 통용된다. 하지만 실제로 비혼이나 이혼이 흔해진 지금의 우리 사회에서 이는 관례가 아니고, 잘 알지도 못하는 누군가에게 던지기에는 대단히 사적인 질문이다.

　과거의 나는 저 질문이 폭력임을 인지하지 못했다. 안 했으면 아니라고 하면 되고 했으면 했다고 하면 된다고 막연히 여겼을 것이다. 이혼을 하고 나서야 저 물음이 뼈아플 수 있다는 사실을 깨달았다. 지금 다니는 회사 면접을 볼 때 가장 두려워했던 것 역시 이 질문이었다. 당시 서른네 살이었던 나로서는 지레 겁을 먹었다. '결혼했느냐'고 물으면 나는 무엇이라 대답해야 하는가? '네, 하긴 했었습니다'라고? '했지만 이혼했습니다'라고 할 것인가? '어쨌거나 지금은 아닙니다'는 어떨까? 지금의 나라면, '탈혼했습니다. 그런데 이걸 대답해야 하나요?'라고 말할 것이다.

　하지만 그때는 그러지 못했다. 면접 당시 나는 "남편은 제주에 있고 현재 건축 붐으로 너무 바빠 우리는 주말부부로 가끔 제가 제주로 가서 힐링을 하고……" 따위의 말을 주저리 늘어놓았다. 회사가 혼인 사실 여부로 나를 판단하려 그런 질문을 한 것 같지는 않았다. "저희는 결혼하고 나서도 다니기 괜찮은 회사입니다. 거기에 대해서는 안심하셔도 됩니다"라는 답을 들었기 때문이다. 이 선의의 표현이 앞으로는 "여기는 당신이 무엇이든 누구이든 다니기 좋은 회사입니다"가 될 수 있기를 바란다. 혼인 여부는 '예' '아니오'로 누군가에 대해 유의미한 판단을 내릴 만한 배타적 근거일 수 없으며 누군가에게는 선택지조차 아니다.

　　내가 이혼을 겪지 않았다면 지금까지 나도 아무렇지 않게 "결혼하셨어요?" 묻고 다녔을까를 생각하니 아득해진다. 아내라는 역할 기대에 무력하게 짓눌려가던 나, 수저를 놓지 않는 사람과 함께하기 위해 내 삶의 다른 부분에 전부 등 돌렸던 나, 스스로의 모순에 진저리치면서 위축되어가던 나를 돌이켜본다. 내가 이윽고 그런 내 모습을 납득하고 받아들였다면 지금은 어떻게 지내고 있을까. 내가 원하고 바란 나 자신의 모습과는 끝내 영영 멀어졌으리라 확신한다. 그리고 잠시 안도의 한숨을 내쉰다. 나는 내 발로 바깥으로 나와 내 손으로 다양성이 보이는 세상을 열었다. 그 세상은, 아름답고 황홀하다.

나가며

사회에는 이혼한 사람에게 축사나 주례 등을 부탁하지 않는다는 암묵적인 관습이 있다. 내게 축사를 부탁했던 두 친구와는 오래 알고 지냈고 신뢰가 두터웠기에 그런 제안이 의아하지 않은 사이였다. 걸리는 게 있다면 내가 이혼을 했다는 사실이었다. 내게 제안을 해준 것이 기쁘고 고마웠다. 하지만 고맙다는 인사를 굳이 하지 않았다. 누군가에게 축사를 받고 고마움을 표하는 건 보통 결혼 당사자, 즉 제안자다. 그런데 내가 고맙다고 말하면 '이혼한 사람은 축사를 하면 안 된다'는 통념에 동조하는 뉘앙스를 풍길 것만 같았다. 나는 그러기가 싫었다. 고마운 친구에게는 고맙다는 말 대신 '제안해준 네가 멋있다'고 진심을 전했다.

지금의 내 안에는, 잘못하지 않았음에도 고개 숙이던 예전 행동을 그만하겠다는 결심이 굳건하게 자리 잡고 있다. 거기에는 지나친 친절이나 습관적 감사 또한 경계하겠다는 마음도 포함되어 있다. 세상의 손가락질이 두려워 스스로를 질책하고 위축되고 고개 숙이던 자신으로 결코 돌아가지 않을 것이다.

이혼이라는 세상의 터부를 크게 생각지 않던 때가 있었다. 이혼은 얼마든지 있는 일이고 손가락질을 하는 이들이 잘못되었을 뿐이라 여겼다. 그랬기 때문에 결혼을 결정할 수 있었다. 하지만 겪은 현실은 달랐다. 나는 제주를 떠나오기 한참 전에 이미 결혼이 잘못되었다는 것을 알았다. 그때의 나는 이혼을 수도 없이 생각했지만 행동으로 옮기는 건 완전히 다른 일이었다. 도무지 출구가 보이지 않았고 무력하게 그 안에 머물렀다. "요즘 이혼은 흠도 아니다"라는 말은 아무런 도움이 되지 않았다. 그 위로의 전제는 "이혼은 흠이다"이기 때문이다. 나는 두려웠고 나를 지키기 위해 나를 막다른 곳으로 밀어 넣었다.

　　누군가는 내게 자기방어가 지나치지 않냐고, 이제 편하게 지내도 되지 않느냐고 말한다. 하지만 나를 방어하는 일은 반드시 필요하며 항상 주의를 기울인다 해도 결코 지나치지 않다. 내가 내 자존감을 붙잡고 스스로 서 있으려 부단히 노력하지 않으면 언제든 어떤 관습이, 통념이, 걱정을 가장한 무례함들이 내 일상을 순식간에 바꿀 수 있다. 너무나도 쉽게 내 삶의 틀을 무너뜨릴 수 있다. 한때 나는 그렇게 무너졌다. 나 자신조차 내 편이 아니었다. 나는 이제 그 모든 것으로부터 나를 지키고 싶다.

"결혼을 안 할 생각은 아니지?"

결혼을 망설이던 때 엄마가 내게 말했었다. "엄마는 네가 결혼해서 행복하게 사는 걸 보고 싶어." 선뜻 되돌려줄 말을 찾지 못한 채 그 말에 조금은 흔들렸었다. 많은 사람이 그런 식으로, 마치 가장 자연스러운 일인 것처럼 어느 순간 결혼을 선택한다. 그 선택은 얼마만큼 자신의 선택일까.

"평생 혼자 살 생각은 아니지?"

얼마 전 엄마는 다시 물었다. 이번에는 바로 엄마에게 되물었다.

"엄마, 엄마는 다시 태어난다면 결혼할 거 같아?"

엄마가 곧장 대답했다.

"아니, 하고 싶은 게 얼마나 많은데. 나는 다시 태어나면 결혼 절대 안 할 거야."

우리는 마주 웃었다. 더는 말이 필요 없었다. 그날 이후 엄마는 더 이상 내게 결혼이란 말을 꺼내지 않는다.

이 이야기를 쓰면서 혼자 많은 날 울었다. 교정을 보면서도 울었다. 하지만 이 눈물은 막막함과 자기 환멸 사이를 오락가락하며 흘리던 예전의 그것이 아니다. 드디어 빠져나왔다는 안도감, 스스로를 기특하게 여기는 데서 오는 기쁨, 앞으로의 삶에 대한 환희에 가깝다. 결혼은 완성이 아니다. 이혼은 결혼에서 떨어진 퍼즐 조각이 아니다. 비혼도 마찬가지다. 나는 나 스스로 내 삶을 완성해나갈 것이다.